다이어터

1

중앙books

이 만화의 중요한 배경이 되는 곳을 소개합니다.

우..

우우..

배고파..

추워..

아파..

쿵쿵쿵...

힘들어..

귀찮아..

쿵 쿵 쿵 쿵

불쑥

와하 하하 하하!!

이 구질구질한 동네는 뭐지!

와글 와글

사삭

폴짝 삭

뭘 봐! 이 자식! 불만 있냐?

히익!

쾅

허약하고 쓸모 없는 자식!! 왜 아직도 이 나라에 살고 있는 거야?!

이 자식! 이 자식!!

죄.. 죄송합니다 히익...

그래, 그렇게 그냥 있는 듯 없는 듯 있어도 죽은 것처럼 살라고!

키히히히!

쿠헤헤헤!

와하하하!

척 척 척

여기 깡패들이 지배하는 꿈도 희망도 없는 나라가 있습니다.

흉포하면서도 어쩐지 귀여운 녀석들과

ㅋㅋㅋㅋㅋ

이들을 이끄는 대장.

생긴 바와 같이 매우 욕심이 많고 잔인하며 지능적인 두뇌와 행동력을 겸비한 매우 데인져러스한 녀석이죠.

슬금슬금 조직원을 모으더니 이젠 완전히 이 도시를 장악한 세력으로 성장.

와글 와글

그 수는 지금도 꾸준히 늘어나는 중입니다.

크윽.. 저놈들 때문에 더 이상 못 살겠어!

으으.. 어쩌면 좋지?

저기 좀 보세요 아버지!! 마을 우물도 모두 막힐 지경!! 저 놈들 완전 미쳤어요!!

ㅋ ㅋㅋ

풀쩍

몇 년 전까지만 해도 착한 애들 이었는데 ..흑흑..

참 바른아이야

아버지! 지금와서 옛날 생각해봤자 소용 없다니까요! 하루 빨리 저놈들을 몰아내야 해요!!

쾅

어이! 우리 조직에 새로운 식구가 또 늘어나서 말이야!

잠시만 같이 지내라구! 사이좋게!!

꾸역

꾸역

아아..

캬하하하하

꾸욱

꾹

좁아!

이래서는 아무것도 못해!

이런 지긋지긋한 집구석!! 으헝헝!!

오! 자리가 늘었네. 자 자 여기로 한 명 더 오라구. ㅋㅋㅋ

나날이 심해지는 그들의 횡포에 견디지 못하고 떠나는 서민들이 늘어만 갔고

그들 대부분은 두 번 다시 돌아오지 못했습니다.

어이쿠!!

철푸덕

으윽

흐윽

망했어..

이 나라는
망했다구...
으흐흑...

근육.

이 나라에 꼭 필요한
일꾼이지만 지방에 밀려
살 자리를 빼앗기고 있는
불쌍한 서민.

지방.

그 수가 너무 많이 늘어난 나머지
나라 곳곳에 파고들어가
온갖 민폐를 끼치고 다니는
욕심쟁이.

신수지

역시 캐러멜 마키아또가 최고야!

이 나라의
실제 주인이자
무책임한 방관자.

이 만화는 자신의 몸속 세상이
질서가 바로잡힌 나라로 바뀌어 가도록
노력하는 수지양의 투쟁기입니다.

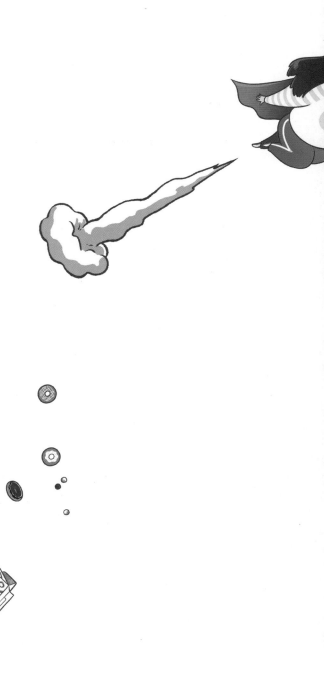

이젠 빠질 때도 되지 않았나?

평범한 은행원
신수지양 (25세)

그녀는 깨닫기
시작한다.

왜 이렇게
뚱뚱한 게
오래가지?

나 좀
위험한 거
아닌가?

점점 더
찌는 거
같은데?

지금이라도
살 빼야
되는 거 아니야?

팡앗

듬뿍

깨달았다고 해서
당장 뭔가
바뀌진 않았다.

수지는 언제나
먹던 만큼 먹고

자던 만큼
자고

운동은
안 했다.

피자

마음만
먹으면
금방이라도
뺄 수 있을 것
같은데

마음이 잘 안 먹어진다.

도이치 휠레를 정말 좋아하시나봐요. 늘 감사합니다.

여기 쿠폰.

안타깝게도 수지는 시켜먹기만 잘했다.

여러분! 새해가 되면 다이어트 하겠다던 자신과의 약속 지키고 계신가요?

꾸준한 운동과 건강한 식습관이야말로 다이어트 성공의 첫걸음이죠!

우리 다함께 노력해봐요!

수지도 다른 평범한 여자들처럼 새해가 될 때마다 다이어트를 했다.

식사는 고구마 한 개!

감자 한 개!

굶자! 참자!

오적

오적

끄으으

대 폭 발

펑

펑

새벽은행

그렇더라고... 자신을 너무 옭아매면 오히려 지키기가 힘들어져.

그럼 조금씩 줄여보면 어때?

우울...

음... 그럴까?

내일부터 다시 작정하고 빼볼까?

일단 배달은 이틀에 한 번에서 일주일에 한 번만.

콜라는 다이어트 콜라, 칼로리 제로...!

후라이드 치킨은 구운 치킨으로 바꾸고 도이치윌레 피자 대신 포테이토 피자로 교체!

피자는 미디엄 사이즈만 시킨다!

일단 이 정도가 수지가 할 수 있는 최대한의 양보.

수지와 부장은 통하는 데가 있었다.

그걸 받아주는 사람도 수지뿐...

이렇게 가까워지면 언젠가 영화 정도는 같이 볼수 있는 날이 오지 않을까?

그렇게 부장은 수지에게 점점 빠져들어갔다.

그럼 부장님. 저 먼저 퇴근할게요!

되나츠 잘 먹겠습니다♥

그래그래. 조심히 들어가 수지씨~

내일은 새로 생긴 제과점의 초콜릿 무스케익을 사다줘야지.

내가 좋아하는 거니까 수지씨도 좋아하겠지? 히히.

아직까지만 먹고 다이어트 해야겠다.

수지는 이렇게 살고 있었다.

수지의
평범한 휴일.

끄으으응...차!

피잉

턱살 때문인가.
일어날 때마다
왜 이렇게
답답하지?

찌이익

두통도 좀
있는 것 같고...

어렸을 때는 나보고 다들
건강해 보인다고 했는데...

치카   치카

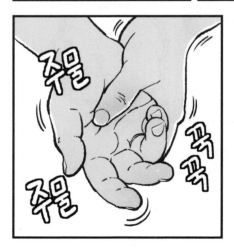

주물

꾹꾹

주물

요즘은 손발도
자주 저리고..

오래 서 있으면
다리가 시리고..

18

사실 수지의 상태는
보기보다 심각했다.

아침에 일어나면
머리가 핑 도는 것도,
다리가 저리고
무릎이 쑤시는 것도,
코가 자주 막히는 것도,

수지는 단지
피곤해서 그런 거려니
여기고 있었다.

따뜻한 것 먹고
휴식하면
괜찮을 거야.

삐이익

아하하하

와삭
와삭

네~! 여러분.
새해도 벌써
4분의 1이
지나가고
있습니다!

세월 참 빨라요.
새해가 된지 엊그제 같은데
벌써 여름이 다가오는
소리가 들려요!

시청자 여러분.
여름이 오기 전에
꼭 해야 하는 게 뭔지
아십니까?

바로
다이어트죠!

그럼요!
다이어트! 다이어트!
다들 하고 계실 텐데요.

오늘은
여러분께!!
다이어트에
효과적인
이 기구를!!
소개해 볼까
합니다.

하지마.

안 사.

안살 거야.

살까보냐.

혼자하는 운동에 지치고 힘드신 분들을 위한 헬스사이클

<슈퍼 다이어트 폭풍감량 파트너>와 함께 새롭게 시작해 보세요.

최첨단 인공지능 장착. 페달을 밟으면 밟을수록 똑똑하고 강력한 파트너로 진화!

운동 중 훌륭한 대화상대가 되어드릴 것을 약속드립니다!

최대 5명의 유저들과 함께 적외선 대전을 즐기실 수도 있습니다. 최강의 파트너를 가려보세요!

오리, 고릴라, 닭 총 세 가지 헤드가 준비되어 있습니다.

혼자하는 운동은 지겨워서 오래 지속하지 못하지만 <슈퍼 다이어트 폭풍감량 파트너>와 함께라면 어느새 한 시간은 훌쩍 가버리는 겁니다.

우와~우! 이건 혁명인데요? 운동이 재미있으니 살은 저절로 빠지겠군요?

그렇죠! 그동안 이렇게 쉬운 다이어트를 왜 아직까지 몰랐나~ 하실 겁니다!

이 혁신적인 다이어트 기계가 단돈 299,000원에!!

30만 원도 안 되는 가격이군요! 하지만 여기서 끝이 아니에요.

아~니? 뭐가 또 있을까아?

갸읏 갸읏

사이클을 구입하시는 모든 분들께 최고급 약재로 만든 다이어트 환 10개 세트를 드린다는 말씀!

이 다이어트 환은 어떤 효과가 있죠? 색깔도 너무 고운데요!

네. 이 다이어트 환을 식사 대신 한 알씩 먹으면 체지방 분해를 매우 효과적으로 도와드립니다!

온몸의 독소를 빼주면서 다이어트까지 동시에!

최고급 생약재로 정성껏 제조해 우주의 생명을 간직한 명약!

Diet

낱개로 구매하시려면 10개 세트가 5만 원인데, 이 다이어트 환까지 무료로 드리는 파격적인 조건입니다!

빼고 싶은 지방을 마음껏 쏙쏙쏙 뺄 수 있는 마지막 찬스!

쑝 쑝 쑝

오늘, 놓치지 마세요!

....어?

지방이 저렇게 빠진다고??

네! 확실히 빠집니다. 자전거도 타고 약도 먹고 살도 빠지고! 야 신난다!

네, 말씀드리는 바로 지금 이 순간! 슈퍼 다이어트 게이머, 주문이 폭주하고 있습니다.

전 상담원 통화중이니 편리한 자동주문 전화를 이용해 주세요!

자...잠깐 기다려봐...

나도 없애고 싶어 지방...

살까?!

쿠쿠 쿠 쿠 쿠 쿠

아니?! 대장님. 이게 무슨 소리죠?

아. 넌 신입이라 잘 모르겠구나.

가끔 이렇게 흔들릴 때가 있어. 곧 잠잠해지고 아무 일도 없지.

아직 결정하지 못한 분들께 전해드리는 또 한 가지 파격소식!!

집중

이 방송 에서만 가능한 파격조건!!

슈퍼 다이어트 폭풍감량 파트너, ABC슬라이더, 아령, 스포츠타월, 다이어트 환! 이 모든 걸 299,000원에 무료배송 해 드립니다!

아니?! 이렇게 드리고도 남는 게 있나요? 정말?

하하. 저희는 눈앞의 이익보다 시청자분들의 다이어트를 더욱 중요하게 생각합니다. 그러니 단 하루 파격가로 드리는 거 아니겠습니까?

안 그렇습니까?

좋아요.

잘하고 있어요.

훌륭해요.

조금 더 빨리 밟아보세요.

잘했어요.

힘내세요.

당신은 소중해요.

아.. 힘들어 엉덩이 아파..

앉는 데가 너무 좁잖아.

이건 열심히 운동한 나에게 주는 상이야.

아하하하

이번엔 비싼 운동기구 지른 만큼 백 배, 천 배로 열심히 하자!

이제 난 새로 태어나는 거야.

수지의 야심찬 다짐에도 불구하고

하루.

이틀.

사흘.

이 기구가 299,000원짜리 빨래걸이로 전락하는 데는 사흘이면 충분했다.

뭐.. 빨래 걷기도 귀찮고...

본격적인 운동은 내일부터 하는 느낌으로 ...

내일부터.

내일부터.

내일부터.

내일부터.

내일..

살을 빼는 데 '내일'은 없다.
오로지 '오늘'만 계속 반복될 뿐...

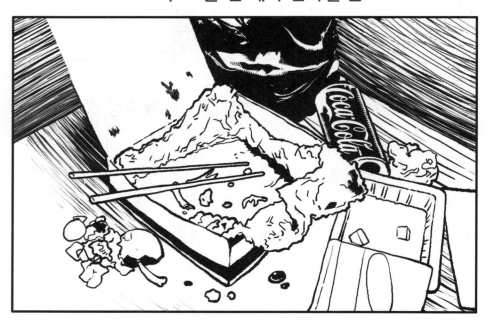

이 당연한 사실을 수지는
아직도 모르고 있다.

어쨌거나
수지가
벼르던 내일은
그 후로도
한참동안
오지 않았고,

수지나라의
지방들은
매일매일
축제의 나날을
보내고 있었다.

1. 식이요법과 운동 병행으로 천천히 살을 빼자 (1)

'기초대사량'을 아시나요? 이는 다이어트의 원리를 파고 들어가면 반복해서 나오는 개념이므로
확실하게 알아둬야 합니다. 기초대사량은 지각 상태에서 인체의 생명 유지에 필요한 최소 에너지를
뜻합니다. 적정 체중 성인의 하루 기초대사량은 1,500~1,800kcal 정도입니다. 이와 별도로 일을
하고, 공부를 하는 등 움직이면서 생활로 소비되는 에너지는 하루에 500kcal 정도입니다. 이 둘을
합치면 성인 남성은 대략 2,200kcal, 여성은 2,000kcal 정도 됩니다.
이 이하로 섭취하면 살이 빠지고, 이상으로 섭취하면 살이 찝니다. 만약 본인의 기초대사량을
정확하게 알고 싶으면 가까운 보건소에 문의해보세요. 친절하게 상담을 해줍니다.

60kg 몸무게의 성인이 6km/h로 한 시간 빠르게 걸었을 때 소비되는 열량은 246kcal 정도입니다.
반면에 한 끼를 굶었을 때는 800kcal 정도가 빠집니다! 몸무게 1kg이 대략 7,000kcal이므로,
단순계산으로는 1kg을 빼려면 하루에 한 끼 굶었을 때 대략 9일, 운동으로는 28일이 걸리는
셈입니다. 그래서 어떤 다이어터는 빠르고 상대적으로 쉽게 살을 뺄 수 있는 굶기를 선택합니다.

그러나 굶어서 빠르게 감량하는 방법은 심각한 부작용을 가져옵니다. 요요현상뿐만 아니라 기억력
감퇴, 영구적인 운동능력 손상, 심리적으로는 심각한 스트레스, 거식증 등을 유발합니다. 그리고
반복적인 잘못된 다이어트는 평균수명을 심각하게 감소시킨다는 신뢰할 만한 통계도 있습니다.

부쩍 더 상태가
안 좋아진 수지.

건강이 상했습니다.
관절이 부실합니다.
살을 빼셔야 합니다.

네…

그러기 위해선
식습관을
바꿔야 합니다.

오래 살고
싶으시면
정말로 식습관을
바꾸셔야 합니다.

오늘부터
간식은
전부 끊겠어!

전부! 딱 세끼.
밥만 먹자!!!

꼬르르르

어제
사놓은 거니까
이것만 딱
먹고
그만 먹자.

드르륵

새네은행

수지씨.
부장님이
부르셔.

탁탁

탁

아.
네.

28

끼익

수지씨~
이거 아직
안 먹어봤지?

맥다널즈에
트리플 베이컨
더블 빅치즈
스페셜 자이언트
버거라고
신제품이
나왔어.

어때, 먹음직스럽지?
일 하느라 힘들 텐데
잠시 쉬면서...

부시럭

부시럭

도리   도리

저어...부장님.
챙겨주시는 건
감사하지만...
오늘부턴 진짜로
다이어트
해야 해서...

죄송해요.

!!!

빙글

뭐...?
다이어트.....?

네. 오늘부터
간식은 다 끄,
끊으려구요...!

무엇보다 수지와의
공통된 관심사가
사라지는 게 두려웠다.

부장은 수지가
살을 빼길 바라지
않았다.

수지마저 날씬해진다면
자기만 회사에서
혼자 뚱뚱해져버리기
때문이었다.

수지를 좋아하는 부장은
자신의 감정을 그저
맛있는 걸 퍼다주는
방법으로 밖에 표현할 줄
몰랐던 것이다...!!

수지씨... 후후...
너무 참는 것도
좋지 않아...

부시럭 부시럭

햄버거,
콜라,
감자튀김의
완벽한
삼위일체!

이것만큼
완벽한
궁합이
세상에
또 있을까?

키히히히.
그래그래.
다이어트 따윈
그만둬,
수지씨.

나약한 짓
하지마.

햄버거는
탄수화물,
야채, 고기,
유제품이 조화된
완벽한
간식이라고.

걱정 말고
마음껏
들라니까?

수지는 의지가 매우
약한 사람이었다.

이래선 안 돼!!

부장님의 방해로 이렇게 계속 무너질 순 없어...!!

아아...

내가 살찐 것도 다 부장 때문이야. 부장..끄흐흐흐... 먹으려면 혼자서 몰래 먹으란 말이야!!

쾅 쾅 쾅

... ...

절체절명... 사면초가...진퇴양난...!!

수지는 하루빨리 제 살길을 찾아야 했다.

랩 다이어트... 그래. 몸을 랩으로 꽁꽁 싸매고 있으면 살이 빠진다는 말을 들었지.

그리고 물을 참는 대신 다른 약을 마시는 다이어트도 있었어.

그때 180만 원쯤 들었나?

한 그릇에 3만원...

밥 대신 수프만 먹는 다이어트도...

덴마크 다이어트...

황제...

뻥튀기...

하아...
나 정말
안 해본 게
없구나.

돈 아까워...

!

아가씨!
이 전단지
받으세요.

필요할 것
같은데...

에...
엣?

불쑥

슬림
바디스타일

몸짱 연예인
왕미인 아시죠?

그 왕미인씨가
전속 모델인
신규 바디케어
샵이에요.
오픈 기념으로
30%세일!!

상담은 무료니까
시간있으면 한 번
들어가 보시겠어요?

슬림
바디스타일

안녕하세요!

슬림 바디 스타일에 방문해 주신 것을 환영합니다!!

고객님. 저희는 최신식 기계로 체지방을 분해시켜 드린답니다. 이태리에서 직수입한 최신형 정품 기계구요.

한 시간에 4000칼로리씩 빼 드린답니다. 믿을 수 없으시죠?

운동으로 이렇게 빼는 게 가능할까요? 그럼 몇날 며칠 쉬지 않고 운동을 해야 하는데? 불가능하겠죠?

와아...

자. 여기 다른 고객님들 사진을 보세요. 전부 이곳에서 빼신 분들이구요.

이곳에서 관리 받으시고 못 뺀 분은 없구요.

블라블라블라블라 블라블라블라블라 블라블라블라블라 블라블라블라블라 블라블라블라블라 블라블라블라블라

저... 비용은 얼마나....?

네에~ 견적 내드리겠습니다.

도,돈이 이렇게 많이 드나요?

네에~고객님. 저희가 다른 곳보다는 조금 비싸긴 해요.

하지만 외국에서 들여온 최신식 기계와 약품으로 엄격히 관리하는 만큼 결과는 보장해 드리구요.

그 돈을 내고 새로운 인생을 시작할 수 있다면 전신 성형수술보다는 훨씬 싼 금액이잖아요?

그렇죠?

감사합니다. 그리고 시작 전 서약서를 쓰셔야 해요.

우웅

우웅

우웅

저희가 시킨 대로 안 하다가 효과 없다고 가끔 찾아오는 개념 없는...아니, 조금 성격 급하신 고객님들이 있거든요.

첫째는, 관리 받으신 날엔 절대로 물 드시면 안 되구요.

엥?

ㅋㅋ ㅋ ㅋ ㅋ ??

둘째는, 일주일 중 3일 정도는 물만 드시고- 아, 굶어서 빠지는 거 아니냐구요?

노노.

ㅋ ㅋ ㅋ ㅋ ㅋ

몸의 독소를 빼서 체질을 아예 바꿔버리는 거랍니다~

요새... 좀 이상하지 않아?

으으.. 난 어쩐지 어지럽고 속이 안 좋은데.

이제 슬슬 이 나라를 떠나야 할까봐...

경솔한 짓 말고 조금만 더 버텨 보자구!

웅성

...

대장이 뭔가 할 말이 있는 거 같은데.

웅성 웅성

에..여러분. 요즘 우리나라가 조금 이상하다는 거... 알고 계시죠?

그래서... 이번 달 월급은 평소의 반밖에 드리지 못하게 되었습니다.

뭐! 이 자식 웃기지마! 우린 뭐 먹고 살라는 거냐!

이 뚱땡이를 움직이게 하느라 우리들이 얼마나 힘든지 알아?!

크윽...

괴롭지만... 어쩔 수 없습니다. 어찌된 일인지 갑자기 처먹질 않아요.

언제 다시 먹을지도 모르겠고...

이럴 수가..

대신! 여러분들은 집에서 푹 쉬세요, 일은 전부 근육들이 하고 있으니까요.

아! 어쩐지 요즘 근육들이 안 보인다 싶더니 그거 때문이었구나.

으으... 너무 굶었나. 기운이 없어.

지금부턴 한 끼를 먹을 수 있지. 시킨 대로 아주 조금만 먹자.

우물 우물

꿀꺽

툭

10000

오오옷!! 돈이 들어왔다!!

10000

대장! 빨리 써버립시다!

이 돈은 일단 제가 맡아 두도록 하겠습니다!!

이제부턴 한 푼이라도 아껴야 해요!!

왜

지금은 모두가 힘든 시기입니다. 일단은 이걸로 버텨주세요.

짤랑 짤랑

크윽...

처음엔 줄어든 수입에 불만을 가지던 지방들이었지만 결국엔 차츰 적응해갔다.

오히려 얼마 안되는 돈들을 들어오는 족족 지방이 쓸어가다보니 가장 괴로워진 건 가진 것 없고 힘없는 근육들뿐이었다.

어찌된 일인지 수지가 굶을수록 근육들만 가난해지고 지방들은 거꾸로 부유해져 갔다.

수지자식! 평생 안 먹고 살 수 있을 것 같냐!

이나라가 지방으로 가득 차도 상관없다 이거지?

수지의 바디샵 관리기간이 끝났다.

...

별로 많이 빠진 것 같지는 않은데...

어쨌든 몸무게는 줄긴 했지만...

킬로그램당 가격으로 환산했을 때 수지는 살 1kg을 무려 100만 원에 바꾼 셈이었다.

새나은행

응? 살 뺐다고? 쪼금 수척해진 것 같긴 한데...

수지씨 요즘 무슨 일 있어? 다크서클이 심한데.. 피부는 푸석푸석하고...

이상한데??

살이 분명 빠졌다고!

살이 빠졌다고! 분명!!

분명 살이 빠졌어!

왜 아무도 몰라주는 거지?

조금이라도 예뻐졌을 텐데??

빌어먹을 세상!

쾅

난 외모지상주의에 저항하는 외로운 혁명가란 말씀이다!

우어어

방 방

끼기긱...

의자 값은 이따가...

예... 손님. 안주는 뭘로?

안주...

저... 안주는... 필요없... ㅅ...니...

모듬튀김 주세요!

쏠랑

네네. 모듬튀김요~

부장님?!

여긴 모듬튀김이 맛있더라구 수지씨. 하하핫!

저는 됐어요!

핵

나는 수지씨가 다이어트 때문에 이렇게 날카로워 지는 게 싫어.

튀김집

우리 조금 더 솔직해 지는 게 어떨까?

우리가 회사에 다니는 이유는 뭐다? 다 먹고 살자고 하는 짓이잖아. 그리고.

생맥주를 고작 땅콩 나부랭이나 씹으면서 제대로 즐기겠어?

....

그건 맥주에 대한 모독이라고, 수지씨.

자.

스르륵

안 돼요…
저는…
그냥…
땅콩이랑…

내가
쏘는 거야.
그냥 먹어.
괜찮아.

수지씨는
얼굴이
예쁘니까
괜찮잖아?
그치?

수지씨.
요즘 회사 근처
바디샵
다니는 거
같던데…

그런 바디샵에 돈을
몇백씩 쏟아붓는 것보다
이렇게 현실에 충실하면서
하루 하루 맛있는 걸 먹는 게
진짜 바람직한 인생
아닐까?

안 그래. 수지씨?

먹고 말았어...!!

또 먹고
말았어!!!

정신을 차려보니
빈 접시였어!!

멈출 수가
없었어!!

항상 전부
먹어버리고
나서 드는
이 불쾌감과
포만감.

뼛속 가득한
후회...!!

이런 기분
이젠
넌덜머리가 나!!

안 먹고 버티는 것도 결국
한도가 있는 법.

참고 참다 터진 식욕은
도저히 수지의 힘으로
견뎌낼 도리가 없었다.

음~ 순대 2인분, 떡볶이 1인분, 그리고 튀김 1인분 주세요.

닭꼬치 3개두요. 데리야끼 맛으로... 오뎅도 포장되죠?

아. 제가 다 먹을 건 아니고 친구들이랑 먹을 거예요.

네.네.

아하하

행복해

맛있다

하하하..

냠냠...

아. 너무 짜게 먹었나...

디저트를 먹어야겠다.

그래... 내일부턴 진짜로
조금씩이라도 운동하자...

어쩐지 요즘 더
살찐 것 같은
기분이 드는데...

설마?! 그 고생을 했는데
요요가 다시 온 건 아니겠지?
맞다! 다이어트환!

두다다닥

이걸 먹으면 확실히
체지방이 분해된다 했겠다?

크리
크리

어차피 분해될 거면
운동할 때 먹는 게
효과가 좋겠지.

영차

언제부터 일어섰을 때
내 발이 안 보였지?

그래도 사람이 항상 먹는
기본 양이란 게 있는데
며칠새 갑자기 더 살이
쪘다거나 한 건 아니겠지?

아... 아닐 거야.
기분 탓일 거야.
기분 탓...

수지는 갑자기
조급하고
불안해지기
시작했다.

참고로 수지가
몇달 전 마지막으로
쟀던 체중은 82kg.

수지의 500만 원은
그렇게 덧없이
사라졌다.

이게 무슨
소리야!

내가
90kg
이라니!

내가 90kg 이라니!

한창 젊은 나이에 90kg이 되어버렸어!!

분명 며칠 전까지도 운동할 마음이 있었단 말이야!!

좋아요.

잘 하고 있어요.

조금 더 빨리 돌려 보세요.

당신은 소중해요.

닥쳐 오리새끼야!

앞 집에 부부싸움 난 거 아냐?

이상하네요. 아가씨 혼자 사는 집인데...

그래? 어디...

탈춤 연습을 하고 있어...

그렇군요. 시끄러워도 좀 참아 봅시다.

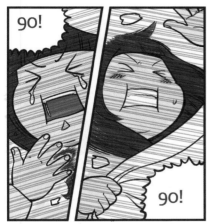

90!

90!

아아아아아

와아앙!!

이제 의자가 뽀사지는 기분도 넌덜머리가 나.

툭툭 툭

후웁

하아 …

좋-아!

내일부터
정신 차리고
다시
시작하자!

당은 일시적으로
기분을 좋게 한다.

내일부터!
진짜! 난!
새로 태어나는 거야!

쿵 쿵 쿵

배가 부른
상태의 수지는
그 어떤
가혹한 결심도
할 수 있었다.

그리고
이번만큼은
놀랍게도,

그 결심을
실행에
옮기기
시작한다!

1. 식이요법과 운동 병행으로 천천히 살을 빼자 (2)

운동을 통한 다이어트는 근육을 늘리고 지방을 더 효과적으로 연소시킵니다. 또한 운동 자체 열량 소모만이 전부가 아닙니다. 운동 후 대사효과(metabolic effects after exercise)로 불리는 작용이 있어서, 운동 후 회복기의 몇 시간 동안 에너지 소비량이 증가한다고 하네요. 이에 대한 자세한 내용은 〈다이어터〉 2권에서 다룰 예정입니다.

그렇다면 근육량은 왜 중요할까요? 근육은 같은 무게의 지방과 비교해서 부피는 70% 가량입니다. 그래서 같은 몸무게라도 근육량이 많은 사람이 날씬해 보입니다. 또 근육은 지방세포보다 유지하는 데 더 많은 에너지가 필요합니다. 따라서 근육량이 늘어나면 기초대사량도 크게 늘어납니다. 기초대사량이 늘어나면 같은 양을 먹어도 더 쉽게 살이 빠집니다.

다만 살 빠지는 효율은 식이 조절이 훨씬 좋기 때문에 둘을 병행해야 합니다. 따라서 열량을 줄여서 기초대사량만큼 섭취함이 좋습니다. 하루에 300kcal만큼 운동으로 소비한다면, 활동 에너지 500kcal 을 합쳐 하루 800kcal가량을 소비할 수 있습니다. 산술적으로 열흘에 1kg을 뺄 수 있으며, 이 정도가 일반적으로 권장되는 감량 폭입니다. 그러나 꾸준한 운동과 식이조절을 하면 실제로는 이보다 더 큰 감량 폭을 실감할 수 있습니다.

그러나 여기에서도 함정이 있습니다. 만약 기초대사량 이하로 식사량을 줄이면 어떻게 될까요? 신체의 최대 목표는 근육량을 늘리는 것이 아니라 생존입니다. 이를 비상사태로 여긴 우리 몸은 지방을 비축하고, 근육을 우선 소모합니다. 운동을 병행하기 때문에 체중은 빠지지만 결국 약골이 되고, 요요현상이 일어나고 맙니다. 그 때문에 기초대사량을 약간 웃도는(+50~100kcal) 식사량을 유지하기를 권합니다.

수지가 새로 태어나기로 마음먹기 며칠 전 이야기 입니다.

따르릉 따르릉

네네!

순살 파닭 한 마리랑 콜라 큰 것 말씀이시죠?

맨날 시켜먹는 그 여자, 또 주문 들어왔어. vip니까 친절하게 잘~ 알았지?

아, 1001호 맞죠? 다녀올게요.

부와아아앙

부와아 아앙

뚱뚱보치킨

덜컹 덜컹

뚱뚱보치킨

... ...

드디어 먹히러 가는구나! 와하하!

복부로 가자! 복부!복부!

팔뚝으로 가자! 팔뚝!팔뚝!

머리로 가자! 머리!머리!

응?

너는 왜 머리로 가니?

와글와글

난 탄수화물이야.
두뇌활동을
돕는다구!

똑똑한 녀석
이구나.

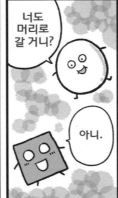
너도
머리로
갈 거니?

아니.

난 말야,
훌륭한 근육이
될 거야!!
완전
소원이었어!.

응..
그래그래.
열심히 해봐.

하루빨리
근육님이
되고 싶다.

히히

ZZZ

나는 단백질이었다.

아하하하

앗!

친구들이 다
어디갔지?

두근

두근

두근

우리...벌써
먹힌 건가?

끼얏호!

WELCOME TO
수지월드

새로운
나라에
왔구나.
왔어!

폴짝

폴짝

좋~아!
일단 내가
일할 곳을
찾아보자!

저어...
전 단백질
이라고
하는데요.

여기 일할 곳을
찾으려면 어디로
가야 하죠?

...

왜!

뭐!

아..
아무것도
아닙니다!!

간신히 찾은 일자리엔 이미 다른 녀석들이 일하고 있었다.

여긴 꽉 찼어.
다른 곳을
알아보게나.

미안하네.

…

아무리
돌아다녀봤자
헛수고였다.

내가 일할 곳은
한군데도 없었다.

그렇다.
내가 바로
잉여였던
것이다.

으아앙-!
나는
잉여잉잉이야
잉여
잉여
잉여!
으아앙!

발음도 어려운
잉여
영양

이제 틀렸어..
모든 게 끝이야…!!

내가 보통 사람 몸에만
들어갔어도 이런 비참한
꼴은 되지 않았을 텐데!

난 평생 근육이
되지 못할 거야!!

어쩌다가
이런 나라로
오게 된 거지?

이 나라 주인은
뭐하는 놈이야!

왜 써먹지도
않을
날 먹었냐구!

이무렵 난
수지나라를
몹시도
증오했다.

이봐.

?

자네…
단백질이지?

지금
일할 곳을
찾고
있는 거지?

어차피 이나라에서 자네가 일할 곳은 없어.

차라리 우리처럼 지방이 되는 게 어떤가.

그럼 평생 이 나라에 머물러 살 수 있다네.

지방...!

아얏? 자네는 탄수화물 아닌가? 머리로 간다더니 왜 이런 곳에..?

나 말고도 탄수화물이 너무나 많더군.

자네도 근육이 되고 싶다고 하지 않았나?

...

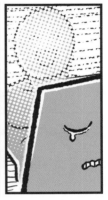

지방이 되면...

!

지방이 되면 무엇을 할 수 있습니까?

와하하하! 원하는 건 뭐든지 다!

외부의 충격으로부터 몸을 보호하고 당뇨병이나 각종 암을 예방하기도 한다네!

사실 우리가 나쁜 짓만 하고 다니는 건 아니야.

대장의 말이 틀린 건 아니지만 수지나라의 경우 지방만 너무 많은 게 문제였다.

그렇게 난
지방이 되었다.

그 중에서도
악질 중의 악질.

셀룰라이트가
내 이름이다.

와...수지나라는
지방들이 살긴
정말 천국이군요.
하지만...

우리들만 이렇게
늘어나도
괜찮을까요?
이 나라는 대체
어떻게 돌아가는
겁니까?

근육이
이렇게까지
안 보인다는 건...

그런 거
몰라.

나라가 어찌되든
무슨 상관이야.
우린 우리 일에만
집중하자구.

하지만 나라가
망하면 우리도...

사삭   풀짝

이 자식들!
죽어라!
뒈져라!

쾅

히익!!

셀룰라이트
대장님...

당신도 저런 근육을
동경하던
단백질이었지
않습니까?

...

난...

단백질이었던 적이
없어.

쿠
쿠
쿠
쿠
쿠
쿠
엄

또 지진이
일어났어요!

늘 있던
일이잖아.

뭘 쫄고
그래?

내일부터!
진짜! 난!
새로
태어나는
거야!

수지는 죽어서
새로 태어나는 게 더
빠를 거야.

그,그래도
평소와는 좀...
다른 것 같아요!

흥!
난 배부른
인간의
약속 따위
믿지 않아.

그러나
이번만큼은
달랐다.

쌩돈 500만 원을 날린
수지의 분노는 그만큼
살을 빼지 않고서는
도저히 가라앉지
않을 것 같았다.

두 눈에는
핏발이 서고
호흡이
가빠져왔다.

타닥 탁 탁

음... 그러니까 어쨌든
지방을 적게 먹으면
살이 빠지겠지?

적게 먹는 게 아니라
아예 안 먹어야겠다.

그리고 무조건
칼로리 낮은 걸
먹고...그래그래..
좋아. 할 수 있어.
힘내자. 파이팅!

이제
이런 것도
필요없어.

우르르

CLICK CLICK

나도
할 수 있다는 걸
보여줄 거야.

내일부터
아침 도시락은
과일과
샐러드다!

점심 저녁은
무조건 칼로리
낮은 걸로
먹는 거야!

쓰아아

수지는 그날로
당장 장을 봐서
도시락을 싸기
시작했다.

아침은 회사에 일찍 도착해서 먹어야지~!

이번엔 진짜 할 수 있을 것 같아.

뭔가 먹기 전에 꼭 생각하고 먹자!

푸드득

아!

드르륵

식전 초콜렛 한입은 식욕 억제에 도움을 준댔어!

오늘은 비록 초코바 밖에 없지만...

내일부턴 꼭 초콜렛을 가져오자♡

...음... 나머지는 어떡하지?

아깝다.. 이대로 놔두면 딱딱해지는데....

어차피 아침은 샐러드와 과일이니까 초코바 한 개쯤은 다 먹어도 괜찮을 거야!

"식욕이 많이 억제될 수도 있잖아?"

샐러드엔 역시
허니 머스타드~.

짜아악

으...

소스가 너무
많은가?

...

샐러드는
살 안 찌니까 ♡

좋~~아!

오늘은
잘 해낼 수
있을 것
같다!

수지씨,
요즘 괜찮아?
옷이 더 꽉
끼어보이는데...
몸도 안 좋아
보이고...

아하하...
괜찮아. 그리고 난
오늘부터 완전한
다이어터로 새로
태어났다구!

....

오~. 아침 도시락도
싸온 거야? 열심히네!
파이팅!!

아직도
체념하지
않았단
말이야?

으음...

지금은
오전 10시
....

수지씨가
가장
배고파지는
시간.....

정말 아무거나 먹여도
아무런 죄책감이 들지
않을 것 같아.

하지만 이번엔
뭔가 단단히
결심을
한 모양이니
웬만한 건
먹으라고
권해도
넘어오지
않겠지.

하지만 부장의
생각과는 달리
수지도 내면의
깊은 공허함에
괴로워 하고
있었다.

꼬르륵
꼬록
꾸락
꾸로로로로…

야 이년아!
왜 평소만큼
먹지를
않는 거야!!

먹어라!
먹어라!

머어어어어!!!
거어어어어!!!

아아아아

내가 미쳤지!
미친년이야!

어제 그
멀쩡한
도넛을
왜 버렸지?

그때 잠깐
돌았었나?

아오
미친...

아까워
내 도넛..!!

70

아냐아냐...
아침 먹은지
얼마나 됐다고...

흔들리지 말자!
난 다시
태어난 여자!

난 배가
고프지 않아!
고프지 않다고
....!

짝짝 짝짝

참 혼자 보기
아까운 장면이었다.

어쨌든 가까스로
마음을 다잡는 데
성공하고 일에
집중하려는데...

타타
타   타

수지씨.
부장님 호출.

또?

흥! 이제 어떤 말로
유혹해도 절대
넘어가지 않을 테다!

또
무슨 일 땜에
부르신 거죠?

끼익

오--
수지씨!

얼마 전
튀김 사건은
사과할게.

그때 수지씨가 너무
날카로워지고 안색이
안 좋아서 잘 먹이고
싶었을 뿐이야...
직장상사로서의 내 맘,
이해하지?

뱅끗
뱅끗

흥! 이제 전 다이어트의
길을 걸을 거예요!
혹시 먹을 게 있다면
부장님 혼자 드세요!!

71

아아! 그래!
이 말을
하고 싶었어!
어쩐지 속이
시원한데?
한 번 더
말하자!!

혼!

자!

드시라구욧!!!!

그래...?

이거 참....
안타깝군.

부시럭
부시럭

나도 이제부터 수지씨의
몸관리에 조금 도움이
될까 해서 말이야.

새...
샌드위치요?

그래,
베이컨과
살코기가
들어있는
곡물빵
샌드위치.

다이어트에 효과가 좋다는
곡물빵 샌드위치를 사왔거든.

아... 안 돼,
항상 이러다가
먹어버리고
말았지....
거절하자!
거절해야 해!!

저는...!

아. 수지씨
내 말 먼저
들어봐.

수지씨, 점심때 다들 요 근처에 생긴 일본라면집 갈려고 하는데 같이 갈 거지?

네? 일본라면요?

아, 다이어트 한다고 했는데 괜찮나..?

일본라면은 괜찮아. 생면이니까 ♡

여러분, 오늘 부장님이 회식하자는데요! 보쌈집으로 고고~.

와아아~~

헉..?

회식?

왜! 왜 하필 오늘...!!

오늘처럼 단단히 결심한 날에 왜 회식!...

아, 잠깐.

보쌈?

보쌈은 괜찮아. 살코기와 야채니까 OK ♡

포만감이 들도록 야채를 듬뿍듬뿍 싸서 먹자.

어이쿠.. 고기가 너무 적나?

살코기니까 조금만 더...

오늘은 어쩐지 나름 식단을 잘 지킨 것 같은데 왜 이렇게 양심에 찔릴까 ..?? 이상하게 배도 안 고프고 ..??

x

74

내일부터 진짜로 더 타이트하게 하자....

아참.

초콜렛 있어요?

따랑

여기요.

다음날 아침.
샐러드.
과일.
초콜렛.

그래 이틀째 출발이 좋아!

힘내자! 할 수 있다! 파이팅!

부장 간식. 유기농 크림빵.

그래 괜찮을 거야. 유기농이니까.

유기농...?

아아... 다이어트를 열심히 해서 그런가?

음료가 너무 마시고 싶어...

단지 짠 걸 많이 먹어서 목이 마를 뿐이었다.

점심-생선까스.

생선은 살 안 쩌.

저녁-불닭.

매운 건 살 안 쩌.

참자! 그래도 뭐 마실 거 없나?

요구르트는 살 안 찔 거야...

다음날 아침. 샐러드. 과일. 초콜렛.

그래!! 삼 일째 출발이 좋아!! 오늘도 힘내자!

어쩐지 초콜렛과 소스 값이 더 들고 있었다.

부장간식-초밥

생선과 한식은 살이 안 찌겠지..?

하아...

저녁에 삼계탕 국물을 남겼더니 배가 고프네.

점심-회덮밥

회는 살 안 찔 거야!

저녁-삼계탕

삶은 닭고기는 살 안 쪄..!

쩝쩝

밤에 뭐 먹을 거 없나? 야채는 먹기 싫은데...

Q) 가혹한 다이어트 중인데요, 저녁에 너무 배가 고파서 잠이 안 와요. 좋은 방법이 없을까요?

A) 정 배고프면 저녁엔 스프를 드세요. 따뜻하고 포만감 느끼고 잠도 잘 와요. 살도 별로 안 찜^^

그렇게 일주일이 지났다.

수지는 몰랐다.

그나마 아침만 적게
먹었을 뿐 평소보다 더욱
살찌게 먹고 있었다는 것을...

수지의 어리석은 행동과
나약한 의지.
그리고 터무니없는
다이어트 상식.

수지에겐 이 모든 것을
바로 잡아줄 사람이
절실히 필요했다.

그리고 그 사람은
예상보다 일찍 수지 앞에
나타나게 된다.

2. 스트레스와 다이어트

스트레스란 비상사태에 대비하는 신체 반응입니다. 스트레스를 받으면 아드레날린이 분비되어
신진대사가 활발해지며, 그만큼 에너지를 더 소비합니다. 하지만 스트레스를 받는 상황 자체가
비상사태라 신체는 "다음 웨이브가 온다! 일단 에너지 비축!"이라면서 그렐린이라는 호르몬을
분비시켜 공복감을 유발합니다.

마찬가지로 배가 고플 때 지나치게 참거나, 잠을 못 자거나, 피로가 누적되면 신체는 일단 에너지를
축적하고 봅니다. "어찌 될지 모르니 일단 모아놓으면 안전하겠지?"라는 식입니다. 또한 스트레스와
피로가 쌓이면 근육 성장도 잘 안 됩니다. 그러므로 배고플 때는 조금이라도 드십시오. 최소한 하루
세 끼는 챙겨 먹고, 충분히 수면을 취하고요. 배고픔을 이기려고 하지 마세요. 식욕은 생존을 위한
본능인 만큼 의지로 해결하기에는 한계가 있습니다.

3. 셀룰라이트란?

셀룰라이트는 지방이 몸 전체에 퍼지지 않고 허리, 엉덩이, 허벅지 등 특정 부위에 뭉쳐 울퉁불퉁하게
보이는 조직을 뜻합니다. 이를 없애는 미용법, 화장품이 많이 있지만 의학적으로 효능이 있다 밝혀진
방법은 없다고 합니다. 왜냐하면 셀룰라이트 조직은 일반적인 피하조직의 구성과 생화학적 특성이
완전히 같기 때문입니다. 만약 미용법과 화장품이 효과가 있다면 몸의 다른 지방도 같은 원리로 쉽게
뺄 수 있겠죠.

단백질이 셀룰라이트로 변하는 만화 내용이 있습니다. 단백질 과다섭취 시 남은 단백질이 지방으로
전환되어 셀룰라이트가 되는 데 일조를 할 수 있지만 흔한 현상은 아닙니다. 만화적 재미를 위해
조금 과장되었다고 생각해주세요. 즉 셀룰라이트를 빼는 확실한 방법은 식이조절과 운동을 통한
다이어트밖에 없습니다. 수술하는 방법도 있습니다만, 이는 추천하지 않습니다.
〈다이어터〉는 미용보다는 건강을 최우선으로 합니다.

결국 수지는
다이어트를
포기했다.

다이어트엔 절대
빠져서는 안 될 게
하나 있어…

그건
바로…

굳센 의지…

그것부터가
나한테
무리야…

살 빼고
싶다고?

밤 늦게
먹지 말고
운동을 열심히
하면 돼.

나한테는
이 말이…

25년 동안 못했는데
내일이라고 할 수
있을 리가 없어.

하지만…

서울대 가고
싶다고?

남보다
공부를
열심히
하면 돼.

처럼
들려.

도저히 내가
해낼 수 있을 거란
생각이 안 들어.

이제 더 이상 어리광을 부릴 때가 아니야.

눈 딱 감고 모든 걸 참아야만 한다...

이 많은 유혹들을 뿌리치고 그냥 지나갈 수 있다면...

그럴 수만 있다면 ...!!!

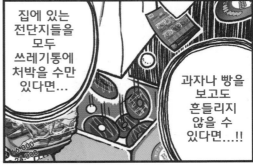

집에 있는 전단지들을 모두 쓰레기통에 처박을 수만 있다면...

과자나 빵을 보고도 흔들리지 않을 수 있다면...!!

다이어트가
불가능한 것도 아니다...

참고
지나가면
되는 것이다.

참고
지나간다면
!!!!!!!

오전엔 부장님의
간식 유혹을
뿌리치고...

저녁엔
먹거리가
즐비한
길거리의
유혹을
뿌리치고
...!

왕 만두
왕 찐빵

그러나 평생
잘못된
식습관과
충동구매로
25년을 살아온
수지에게
그런 의지는
남아있지
않았다.

하나에
천 원이요?
와 싸다.

애초부터
나에게
무리야...

나는...
나는 그냥.
이대로 사는 게
나을지도...그래...

뭐 크게
낙담할 일도
아니야.

운동기구는 가끔
심심할 때 하면
되는 거고...

바디샵에
쓴 돈은...
그냥...

그냥...
어딘가에
기부했다고
생각하고...

...

기부?
기부했다고...?

어디에...?

역시...
운동 밖에
방법이
없는 걸까...

하지만
어떻게...?

헬스는 정말
지루하고...
지겹고...
나한테는
맞지
않았는데.

하암, 지겨워...

시간 완전 안가...

수지는 몰랐다.

수지처럼 체중이 많이 나가는 사람은 운동을 어떻게 시작해야 할지를 전혀 몰랐다.

줄넘기를 뛰거나 다른 운동을 해도 금방 관절에 무리가 갈 정도로 수지는 고도비만이었던 것이다.

그런 수지에게 운동은 지루하고 힘든 것일 수밖에 없었다.

수지는 체력 또한 보통사람보다 상당히 좋지 않았다. 지하철에서 계단만 올라가도 헐떡이고 심장이 마구 두근대고 죽을 지경이었다.

그 원인은 모두 비만.

...

...

...

...

아, 네온비 관장님! 또 왜 때려요!

야 이자식, 너 트레이너인 척 하지 말랬잖아!

아 왜요! 저도 할 수 있다니까요?

선생님, 내일 뵙겠습니다.

안녕히 계세요.

아, 네 수고하셨습니다.

툭

청소 끝내고 알아서 마무리해.

끄으응

아

이건 이달 치야.

10000

아오! 진짜!

누굴 거지로 아나!!

이건 현대판 노예다!

고래 고래

착취!! 악덕업자!!

야, 서찬희! 안 닥쳐?

왜

헤헤, 목소리가 너무 컸나요? 죄송합니다. 헤헤헷...

너 이자식, 몇 년 전부터 갈 곳이 없다고 하도 징징대길래 여기서 처먹고 자고 씻고 가끔 우리집에 쳐들어 왔을 때도 재워주고 먹여주고 입혀주고 공짜로 여기 시설 다 이용하게 해주고.

한 달에 한 번씩 용돈도 주는데 지금 아침저녁 그까짓 청소 한 번 못하겠다는 거야?

이 싸가지 없는 새끼. 역시 넌 안 되겠어. 당장 꺼져. 오늘부터.

아잉.
왜 그러세요...
관장님...
헤헤,
연기였습니다.
연기. 헤헤헤...

그리고 네 베개는
네 사물함에
넣으라고!
회원들이 매트 위에
베개가 있으니까
저게 뭐냐고
자꾸 묻잖아!

안 되겠어.
너 당장 나가!
꼴도 보기 싫어!

으앙 관장님
제발..

우당탕
큰 헬스장
큰 헬스장
와르르

찬희는 늘
이런 식으로
맞지 않아도 될
매를 벌었다.

며칠 후..

즐거운 토요일~
룰루랄라!~
한가한 휴일이로군.

야! 서찬희!
체육관 지키고 있어.
난 점심 먹고
올테니까.

저는요?

사올게.

또 지는
맛있는 거 처먹고
난 떡볶이 같은 거나
사다주겠지!

철벅

철벅 철벅

네온비 관장
이새끼...
고작 한 달에
용돈 만 원 주면서
날 이렇게
부려먹다니...

젠장!

젠장!!

삐삐삣

[12:30 PM]

메시지
밖에서 일이
생겨 조금 늦는다
-네오비-

사기나 한탕
크게 치고
도망가버릴까?

그래.
내가 이런 데서
썩을 사람이
아니지.

크흐...흐흐...
흐흐흐흐흣..

마침 지금
사람도 없겠다.

하늘도 날
돕는구나!

두리번

두리번

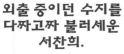

외출 중이던 수지를
다짜고짜 불러세운
서찬희.

우리는 그가
무슨 꿍꿍이를
담고서 수지에게
접근했는지
잠시 지켜보도록
하자.

무슨....
일이시죠?

어머님.
완전 뚱뚱하시군요.
이참에 살을 한번
쫙~! 빼보지 않으시겠-

뭐?
어머님?!

전 아직
25살이란
말예요!

커.......
쿠.....켁.
ㅇㅇ알겠음.

어머님이든
미혼이든
그게...
지금
중요한가요?

중요한 건 당신이
아줌마로 보일 정도로
뚱뚱하다는 겁니다.

뭐, 뭐라구요?!
당신 뭐예요!
지나가는
사람에게
뜬금없이!

어이구
땅 꺼지겠다.
와하하,
하하하하하

헨젤과
그레텔
주인공
이었으면
마녀한테
옛날에 잡아
먹혔겠네.

그러니까 살을
빼보지
않겠냐구요.
네?

네~에?!

이, 이사람...

대체... 뭐지?

믿기 힘들겠지만 수지에게 이런 인신공격을 한 사람은 서찬희가 처음이었다.

수지의 회사동료들은 늘 수지가 상처받을까 봐 앞에서는 전혀 그런 이야기를 하지 않았고, 부장이나 가족들 역시 좋은 쪽으로만 이야기를 했기 때문에 자신에게 이렇게 신랄하게 비판하는 존재를 수지는 난생 처음 접한 것이었다.

피트니스 센터에 처음 갔을 때도, 바디샵에 처음 갔을 때도, 수지는 그들에게 고객이었을 뿐이므로 상냥하고 나긋나긋한 어투의 대접만 받다가, 이렇게 자신에게 노골적으로 돼지라고 말하는 사람을 보니 수지는 당황하다 못해 점점 화가 나기 시작했다.

왜 자꾸 처음 보는 저한테 뚱뚱하다고 하세요! 기분 나쁘게!!

옳거니... 걸려든다. 걸려드는구만. 푸헤헤!

?

저게 뭐죠?

나... 나뭇잎이죠?

이건 뭐죠?

문이죠. 왜 뜬금없이 자꾸...

나뭇잎을 나뭇잎이라 부르고, 문을 문이라 부르는 것처럼

뚱뚱한 걸 뚱뚱하다고 말하는데 왜 화를 내시는 거죠?

죽어!

큰 헬스장

아무튼 이제 걱정 마세요!

비만전문 트레이너, 이 서찬희를 만나셨으니까!

비만... 전문 트레이너 라구요?

네. 지금은 이 큰 헬스장 주인 겸 코치를 맡고 있죠.

잠시 상담도 괜찮은데, 어떠세요? 뺨 때린 기념으로 한번 들어보시면?

이렇게 큰 헬스장의 전문 트레이너라면 믿어봐도 좋지 않을까?

이사람 나한테 계속 과장된 굴욕을 느끼게 해서 살을 빼게 만드려는 건가?

이것도 일종의 다이어트 요법인가?

그런 건가?

수지는 홀린 듯 따라갔다.

근데요. 제가 그렇게 뚱뚱한가요? 남들보다 조금 더 몸이 크긴 하지만...

네? 무슨 소리시죠? 보통 뚱뚱한 여자가 그냥 커피라면 당신은 T.O.P 스타벅스예요.

와아... 시설이 아주 멋져요... 지금은 사람이 한 명도 없네요?

네, 휴일이고 점심시간이니까요. 명절이나 주말엔 다들 사람 만나서 처먹는다고 정신이 없어요.

저는 트레이너 서찬희라고 합니다.

근데 이름이 어떻게 되시는지?

저는 은행원이고 이름은 신수지예요.

찬희는 마음이 다급했다. 네온비 관장이 돌아오기 전에 얼른 사기를 치고 먹튀할 생각으로 가득차 있어서 맞잡고 있는 두 손가락이 불안하게 움직인다.

네! 수지씨. 음 그럼... 아.... 음.

꼼지락 꼼지락

...화장실 가고 싶으신가요?

어쨌든 말입니다. 제가 트레이너를 맡아서 실패한 사례는 없어요.

티비에 자주 나오는 승리나 아놀드 홍 아시죠?

개네 다 나한테 형님형님 하는 사이예요.

네? 그 스타퀸에 나온 승리...

네?!! 훨씬 어려 보이시는데요?

어려도 실력이 워~~~~낙 출중하니까!

우와.

우와...

그럼 저 트로피들도?

그럼요.

네온비관장이 대회에 나가서 딴 것들이다.

우와, 가까이서 보고 싶어요.

아,안 돼!!!!

....?

지금 설명 중이지 않습니까!

앗, 예의에 어긋난 행동을 하고 말았네.

죄송합니다.

괜찮아요. 괜찮아.

이제 본론으로 들어갈까요? 제가 한 달에 10번 트레이닝 해주는 걸로 하고...

이정도면 어떨까요?

그렇게 큰돈은 없는데요... 얼마 전에 사실 좀 큰돈을 써서. 휴.... 좀 싸게는 안 되겠죠? 그럼 전 이만...

자,잠깐!! 신!규회원께는 할인을 해드려요!

네? 얼마까지 할인이 되죠?

음....그....
서,석 장!
그 밑으론 안 돼요.
수지씨가 너무
뚱뚱하니까 사람 하나
살리는 셈 치고.
어때요?

오아아

믿어볼까...?
마지막으로...
한 번만 더...??

각종 효과 있다는
다이어트는 다 해봤어..
하지만 모두 실패했지.

남은 방법은
운동뿐이야.
이번에도 안 되면
정말 그냥 살자...

정말 포기해
버리자.

난 그 정도의
인간이라고
생각하고
그냥 편하게
살아버리자.

하지만 이번엔 뭔가 달라!

내 인생 마지막 기회가 온 거야!!

이 사람이...

내 마지막 희망...!!!!

나의 마지막 찬스....!!!!!

벼랑 끝에 몰린 내게 내려온 마지막 밧줄...!!!!

썩은 밧줄

...정말로 빠지겠죠?

그럼요. 그럼요.

선생님이 저에게 처음으로 독설을 한 사람이니까 믿을게요.

저 이번에 안 되면 정말 포기할 거예요.

진심이에요.

그럼요. 그럼요.

빨리 쓰세요.
빨리!
더 빨리!

네, 네!

좋습니다. 사물함은 프론트에 가서 따로 신청하시구요. 뭐, 남는 사물함이 있어야겠지만.

오늘은 문을 안 열었으니 내일 가보도록 하세요.

그리고 사물함 사용비는 따로 내셔야 합니다...

회원카드는 월요일에 오시면 직접 드리죠.

가입서 ▶
PT신청서 ▶
지불증명서 ▶

착착착

그럼 돈은 언제?

오늘 안에 주시면 좋겠습니다만...

되도록 빠... 빨리 좀..

헝공

쓱쓱

찬희는 정말로 운이 좋았다.

이날은 마침 수지가 적금을 탄 날이었다.

좋아요!
여기
300만 원!

텅

우웃?!!!!!
!!!!!!!!!

30만 원이 아니고 300?

300?

어,어법버ㅓㅓ버...

어, 어디 아프세요?

아,아니요. 수지씨...

살이 빠지면 정말 예쁠 얼굴이에요. 후후후후후.

그, 그런 말은 어릴 때부터 많이 들어서...!

에헤헤

내일은 쉬는 일요일이니 월요일부터 나오세요.

자, 이제 볼일이 끝났으니 가세요.

짝 짝 짝

넹? 저 조금 더 둘러보고 싶...

쉬는 것도 다이어트에 중요하단 말입니다!

어서 가세요! 어서! 빨리!!

아,네! 네!!!!

큰 헬스장

큰 헬스장

?

? ??

? ??

음크크크... 크하하하하!!

크크크ㅋ 캬카카아ㄹ 카카카카ㅋ 크크크ㅋ 캬카카아ㄹ 카카카카ㅋ

뻘떡

퇴근하겠습니다!

쎄앵

수지씨..?

무슨 좋은 일이라도 있나?

이제 진짜, 진~짜!! 난 새로 태어나는 거야!!

뚱땡이 인생의 맥시멈은 오늘까지야!

내일은 오늘보다 더 날씬해지고,

그 모레는 내일보다 더 날씬해지고..

후후후.

큰 헬스장

큰 헬스장

회원 카드는요?

코치님과 직접 상담받으며 등록했어요~

카드는 오늘 받을 거예요~. 그럼 이만♡

네?? 저... 이봐요? 이봐요?

아하하하하.

선생님~? 어디 계세요~?

선생님~!

오늘부터 수업을 시작해야죠~!

선생님~!

선생님~!

신규 회원 이신가요?

?

?

저어... 코치님? 이신가요?

오후 코치 네온비

네, 그렇습니다만..

어? 저기... 죄송하지만, 다른 코치님은 어디에...?

다른 코치요? 여긴 저 혼자인데....

오전 시간대에 여자 코치분이 계시긴 합니다만..

네? 여자 아닌데...

서찬희 코치님은 언제 오시나요?

서찬희요?!!

서찬희 코치라니 그게 무슨 소립니까?

서찬희 래요..

찬희?

찬희라고?

뭐야? 뭐야?

?

?

저도 지금 그 자식이랑 연락이 안 되고 있어요!

큰 헬스장

뭐, 뭔가 오해가 있는 거죠? 네?

사기를.. 당하신 것 같습니다.

닦작 닦작

며, 명함도 받았는데!

이건... 서찬희가 아니라 제 명함입니다. 여기 잘 보시면 이름을 화이트로 지운 자국이..

큰 헬스장

코치 서찬희

아..... 뭐라 드릴 말씀이 없군요.

그 자식이 도망가면서 헬스장 돈통까지 몽땅 들고 튀었지 뭡니까.

지금 백방으로 수소문하고 있으니 곧 잡을 수 있을 겁니다...

어쨌든 죄송합니다.

일단 그 자식을 잡아야 차차 피해보상을...

저.. 아가씨?

아가씨?

자신 있는 얼굴로 내 인생을 바꿔 주겠다고 했잖아?!

어?!

어????????

와하하하!! 멍청한 뚱땡이!

이건 얼마죠?

뱅글

뱅글

50만 원입니다.

이거랑 모자랑, 이것도 주세요.

SACCI

아 저것도요.

크하하! 으아~!! 대박 잘생겼네!!

크흐흐! 흐흐흐흣. 흐흐흥~ 흐흥~♪

나는야 잘생긴 서찬희/돈이 많이 생겼어

갖고 싶은 건 몽땅 다 살 수 있다네

사람라라~라라라라~

오늘은 외식을 할 거야

거리 전문점

그저 바라만 보았던 거리 레스토랑에서

rap)이곳에서 난 치커리가 들어있는 비싼 커리를 먹고 커져 커져라

두구 두구 딱딱

슈비루비 둡뚜와~

끝없이 나오는 코스 요리

이게 꿈인가 생시인가

하지만 혼자 먹긴 너무나 많아

사이좋게 너도 한입 나도 한입

104

그리고 잠시
찬희의 기억이
끊겼다.

푸왁!!!

살려주세요!!

이게 무슨
짓이야!!

내 마지막
희망이었어...
돈도 돈이지만,
넌 내 마지막
희망을
부숴버린 거야.

어쨌든 이제
못 갚는데 뭐
어쩌라구!
이 뚱땡아!!!!!

커헉!!

알았어!
알았어!

잠깐만!

날 잡으러
다니느라
운동 많이
했지?

그걸로
수업을
한 셈 치면
어떨까?

내가 살을 빼줄게,
빼준다고...
어쨌든 살을
빼주면 되는 거잖아?

거짓말 하지마!
이젠 안 속아!!

정말이야,
다이어트 100%
성공할 수 있는
비법 두 가지도
알려줄게.

바로
지금!!

좋아... 좋아,
그래, 오케이,
알았어, 진정해.

아가씨.
진정하라구.

하, 하지만 못하고... 있는 거잖아.... 어푸 어푸...!

그래서 지금도.... 뚱뚱한... 거잖아..

내가..... 내가 해줄테니까...!

내가 도와줄게!!!

쿨럭..! 쿨럭..!

또 무슨 소리를 하려고..

네 가장 큰 문제 중 하나는...

네가 먹을 것을 조절하지 않고 먹어대도, 제지할 사람이 전혀 없다는 거다 ....

너에게 지금 필요한 건 자전거나 다이어트 약 따위가 아니야.

앉아있는 엉덩이를 걷어차서라도 일으켜 세울 친구.

네가 씹고 있는 닭다리를 입에서 직접 빼줄 수 있는 살아 숨쉬는 친구가 네 옆에 있어야 한다고.

....

네가 이 지경까지 된 건 꼭 게을러서만은 아니야.

단지 널 바른 길로 이끌어주는 사람이 없었을 뿐이다.

108

당연히 씨알도
안 먹힐 소리였다.

저 젊은 놈은
뭣 땜에
들어왔대?

사기쳤
라는데ㅋㅋ

수지는 미련했지만
그렇다고 바보는
아니었던 것이다.

크윽...
어차피 살을
빼줄 마음도
전혀 없었지만
...

이 뚱땡이가
진짜로
경찰을
부를 줄이야..!

뚜벅
뚜벅

어?

관장님!!
여기요, 여기!!

저 좀
꺼내
주세요!!

역시
관장님밖에
없어요!

...

너, 내
전화번호밖에
모르니까 여기로
전화한 거지?

네... 뭐...

경찰서

내가
해결했으니까
이제 나와.

110

어? 헬스장으로 안 가세요?

내려....

내려.

네?

이거 받아.

어? 용돈 이에요??

냉큼

네 뒤치다꺼리 하는 것 더 이상 못 참겠어.

예?

이제 다시는 연락하지 마라.

예?

관장님! 농담이죠? 헤헤....

관장님! 관장님?

제가 사기 좀 쳤다고 이러시는 거예요?

그 여자 찾아가서 용서 빌게요!! 네?

그냥 잠깐 그런 거예요!!! 이렇게 날 두고 가지 마세요!!

지이잉

관장님! 어어???

야!! 네온비!

관장!!

임마!

새새꺄!!

부우웅

커컥

쿨럭!! 쿨럭!!!

철푸더ㄱ

고작 3만 원....

3만 원을 쥐어주고
날 버렸다 이거지?

난 그래도
스승으로..
형으로..
대접을
해줬는데!!

나한테 남은 건
3만 원!
3만 원이란 말야??

내 가치는 고작
3만 원인 거야?

이 자세는
복근운동 후
스트레칭에
좋습니다.

난 그래도 가족이라고 생각했는데..!!!

분노도 잠시, 찬희는
슬픈 기분이
몰아쳐 온다.

그랬다.

네온비 관장은
틱틱대면서도
몇 년 동안이나
찬희를 유일하게
돌봐준 존재였던
것이다.

그런 네온비 관장도
찬희의 망나니짓에
두 손 두 발을 다
들었다는 것이었다.

크윽...
으흐흑
으허헝 허엉

와아앙

다시 찾아가면...

다시
찾아가면
받아주지
않을까?

돌아가려면...
내가 잘못을
용서 받았다는
증거가 필요해...

그리고 더 이상
이렇게 무시 받으며
살기도 싫어!!

젠장!!
무슨 뾰족한
수가 없을까?!

...

아하하 와삭 와삭

수지는 다시
원래의 일상으로
돌아갔다.

경찰을
부를 것까진
없었나...

그 분이 무릎 꿇고 사정해서
합의해주긴 했지만...

합의해 주세요.
나머지는 천천히
갚겠습니다.

그래도 정말 못된 녀석이야.

띵동
띵동

누구세요?

...

히에에엑.

저어,
미안하지만
좀 열어줘.

해코지?
해코지하러
찾아온 건가?

다,다,당장
꺼지지 못해!

내가 잘못했어.
정말 사과하고
싶어서 온 거야.

끼익

어쩐지 깝치는 분위기가 사라졌는데..?

그래서, 말인데,

사과하는 뜻에서 진짜로 살을 빼줄게..

어때?

....

내가 진짜로 날씬하게 만들어 주겠다니까?!!

빼줄 거야! 빼주고 싶어!!

난! 난 이제 날씬한 사람들이 하는 말은 안 믿어!!!

뭐?

나, 날씬한 사람들이 나한테 상냥하게 말을 건네는 건 내가 고객이기 때문일 뿐이잖아!!

이제 달콤한 말에 안 속는다고! 지긋지긋해!!

홈쇼핑 같은 데서 허리운동, 복부운동하는 기구를 선전하는 날씬한 사람들은 그걸 해서 날씬해진 건 아니잖아..

원래 날씬한 사람들이 그냥 물건을 팔기 위해 홍보하는 것 뿐이잖아?

난.. 난!!!! 이제 더 이상 안 속아. 난 그냥 이대로 살 거야!

그러니까 너도 나한테 뭔가를 바라고 왔다면 포기하고 돌아가라고!

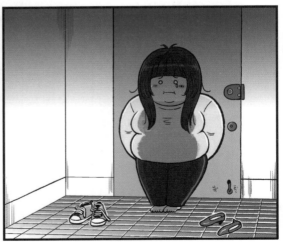

..볼살 가릴 걱정 안 하고, 머리스타일 마음대로 바꾸고 싶지 않아?

몸에 맞는 옷이면 색이나 디자인이 어떻든 무조건 사게 되는 그 버릇, 버리고 싶지 않아?

명절 때 살 빼라는 소리 듣는 거, 진짜 지긋지긋하지 않았어?

등살이나 뱃살, 팔뚝살 걱정 안 하고 티셔츠 당당하게 입고 싶지 않냐구.

빅사이즈 입으면 외국인 체형 기준이라 팔다리 길이가 항상 남아돌아서 수선해야 하는 그 기분 지겹지 않냐고!

여기저기 몸이 아프고 팔다리가 저린 증상에서 벗어나고 싶지 않냐고.

목욕탕이나 찜질방에 당당하게 들어가고 싶지 않냐고!

....

남들 다 가는 수영장 같은 곳도 사실 가보고 싶지?

발톱 깎을 때 보통 사람보다 몇 배는 더 힘든 거, 어디 가서 말도 못했지?

공공장소나 비좁은 골목길 지나갈 때 괜히 남 눈치 보게 되고!

발등이 통통하니까 예쁜 신발 따윈 꿈도 못꾸고!

자주 두통 오고! 띵하고! 어지럽고!

남들과 똑같이 장을 보고 와도 남들의 시선에 괜히 주눅 들고!

적게 먹으면 그 덩치에 그거 먹어서 되겠냐고 하고, 많이 먹으면 그러니까 살이 찐다고 하고!

나도 뚱뚱했어. 엄청나게.

살을 요요 없이 빼는데 오랜 시간이 걸렸지..

?!!!!

정말로?

그래, 이건 영광의 상처.

튼살자국! 진짜다! 정말로 살이 많이 쪘을 때 생기는 자국!

살을 빼면 이런 옅은 튼살 자국쯤은, 의학의 도움을 받아 없앨 수 있어.

난 돈이 없어서 못했지만.

그래도 뚱뚱할 때보다는 훨씬 살기가 편해졌지.

...

이번엔 진짜야. 믿어줘.

당신을 관리해줄게. 진짜로!

내게 한 번만 기회를 줘...

제발...

그렇게 속고 또 속고도 살을 빼주는 거라면 혹하는 내가 싫다...

그래서 아예 다이어트 안 하려고 했는데...

어차피
더 이상
잃을 것도
없잖아?

마지막으로
한 번만 더
믿어볼까..?

이번이 정말
내 마지막
다이어트야..!!

일어나, 서찬희씨.

!

믿어볼게.

어차피
다른 방법도
없으니까...

고.....

고마워.

찬희는 고개를
떨군 채 한동안
들질 못했다.

웃는 게
들킬까봐.

일단
살을 빼준다는
찬희의 말은
거짓이 아니었다.

다만 아주
약간의 불순한
목적이 있었을뿐.

이 여자의 살을 빼준 다음,
비포 애프터 사진으로 홍보하는 거야...

그래서 정식 트레이너가 되는 거야.
진짜로 아놀드 홈이나 숭리처럼
아주 아주 유명한 트레이너.
돈도 잘 버는 트레이너가 되는 거다...

내가 잘못했다.
제발 우리 헬스장의
트레이너로 일해줘.

흥!!!!!! 그렇게
매정하게 날
버릴 땐 언제고
!!!!!

네온비 관장이
날 더 이상
무시하지
못하게...!!!

절대로 요요가
오지 않는
정공법으로..!

크흐흐흐흐..

목적은 서로 달랐지만, 일단 그것은
살을 뺀 이후의 얘기.

어쨌든
수지에게도 이건
결코 나쁜 이야기가
아니었다.

...그런데...
말이야.

내가 수지 당신을
제대로 관리하려면...
으으음...

?

크윽...정말...
정말 괴롭지만,
아주 파격적인
조건을 제시하지.

뭐야. 이제
더 이상 돈은
없어.

그러니까...
오해하지
말고 들어.

확실히 살을
빼 주려면 너의
일거수 일투족을
알아야 된단
말이야..

내가 갈 곳이
없어서 그러는 건
아니고.

....

설마...
뭐...
여기서 같이
살겠다거나
하는
허무맹랑한
소리는
아니겠지?

여자 혼자
사는 집에서??

하하,
나도 참.
내가
말해놓고도
웃기네.

동거 같은 건
절대 아니야!!
이건!
이건 말이지!!!

합숙이라고!!!!

봐! 난 짐도
아무것도
없잖아??
응?

탈탈

내가.. 꼭 집이
없어서가 아니라!

어쩔 수 없잖아!!!
확실히 살을
빼주려면 옆에
있어야 하니까!!!

드디어 수지의 진정한
다이어트가 시작되려는
순간이었다.

그리고
다이어트가
필요한
또 한 사람.

축구엔 역시
치맥이지!

박지성 성수
슈-웃!

124

4. 굶기는 해롭다

신체는 환경과 영양 상태에 따라 체질을 유지, 혹은 변화시킵니다. 만약 단순히 굶기를 반복하면
신체는 이를 민감하게 감지합니다. 그리하여 "아, 밥이 안 들어온다, 비상사태다! 오래 살려면
에너지를 아끼자!"라고 여기고 에너지를 비축하려 하고, 섭취되는 음식은 거의 지방으로 변환됩니다.
또한 "비상시국이니까 당장 쓰지도 않는 근육을 먼저 에너지로 바꿔야지. 어차피 연비도 나쁜데다가
에너지로 바꾸기도 쉬우니 해치워 버리자구!"라면서 근육은 감소하게 됩니다. 그리하여 체중은
줄어들지만 근육은 거의 없고 체지방만 잔뜩 있는 부실 체질이 됩니다. 이렇게 체지방만 늘어나고
나쁜 체질로 변하는 것을 일컬어 '요요현상'이라고 합니다.

한 연구진이 식사 횟수와 다이어트의 관계를 조사했다고 합니다. 같은 양의 음식을 한 그룹은 하루에
2번, 다른 그룹은 하루 5번 섭취하게 했습니다. 그러자 여러 번 식사를 한 그룹이 섭취 열량 대비
체중 감소가 컸다고 합니다. 잦은 식사를 하면 신체는 "오오, 풍년이다, 풍년. 에너지 막 쓰자!"라고
여깁니다. 여러 번의 식사만으로 신체에 "이상무!"라는 신호를 보낼 수 있는 것입니다.

같은 이유로 저녁밥 거르기도 좋지 않습니다. 저녁을 굶으면 다음 날 아침까지 거의 12시간을 공복인
상태로 있어야 합니다. 물론 그 시간이 긴 만큼 당장은 몸무게가 빠져 보이는 효과는 있습니다.
그러나 긴 공복이 여러 날 계속되면 신체는 비상사태라 여겨 지방을 축적하기 시작합니다. 따라서 한
끼를 통째로 굶기보다는 매 끼니를 먹되 양을 줄이는 편이 좋습니다. 또한 끼니를 늘리는 개념으로
간식도 적절한 식단으로 섭취하면 좋습니다. 여기에다 간식은 식욕도 억제하는 효과가 있고요. 추천
간식은 308쪽의 '간식은 무엇을 먹을까?'를 참고하세요.

5. 살 빼는 약은 정말 효과가 있을까?

약의 도움이 필요한 환자는 분명 있습니다. 수술을 앞두고 급격하게 감량을 해야 하는 경우, 호르몬 분비로 식욕을 조절할 수 없는 경우에는 적절한 약물 처방이 필요합니다. 하지만 비만 때문에 살 빼는 약을 추천하지는 않습니다.

살 빼는 약은 크게 식욕억제제, 또 하나는 지방흡수차단제 두 가지 종류로 나뉩니다. 식욕억제제는 식욕을 떨어트립니다. 이 약의 효과는 놀라워서 복용하자마자 무언가 먹고 싶은 마음을 일시에 사라지게 해줍니다. 놀랍지요? 문제는 이들이 향정신성 의약품이라는 사실입니다.

남용한다면 우리 정신에 영향을 끼쳐 현기증, 두통, 심작 박동 이상 등 이상 증세를 유발할 수도 있습니다. 심각한 경우, 우울증, 자살 충동 등 예측할 수 없는 부작용을 일으킬 수도 있습니다. 때문에 4~8주 이상은 처방하지 않습니다. 또 처방 기간이 지난 후에는 곧바로 식욕을 되찾게 됩니다. 전문 의사들에 따르면 다이어트를 끝낼 때처럼 식욕이 쓰나미처럼 몰려오는 사례가 많다고 합니다. 살 빼는 약의 도움을 받아 건강하게 감량한 사람이 얼마나 될까요? 체중을 감량했다가 요요를 경험하는 경우가 대다수입니다.

지방흡수차단제는 체내에 들어온 지방의 30%를 차단합니다. 그만큼 섭취하는 열량이 줄어들게 되지요. 문제는 한식의 특성상 지방 성분이 그리 많지 않다는 점입니다. 한국인들의 주요 섭취 열량은 탄수화물과 당인데, 지방흡수차단제는 탄수화물과 당의 흡수는 막지 못합니다. 지방흡수차단제 역시 섭취만으로 살이 빠지는 마법의 약이 아니라는 것입니다. 때문에 이 약물 또한 장기간 복용은 권하지 않습니다. 무엇보다 이 두 약물의 경우, 비급여 약물로 분류되어 많은 비용이 듭니다. 한계가 분명함에도 불구하고 많은 돈을 들일 필요는 없습니다. 결국 먹지 않는 것만 못한 결과를 낳게 됩니다.

6. 1일 1식, 간헐적 단식

간헐적 단식은 2018년부터 유행하기 시작해 현재도 많이 하는 다이어트 방법입니다.
하지만 추천하기는 어렵습니다. 2020년, 영국의 한 연구진이 발표한 간헐적 단식에 관한 연구에
따르면, 간헐적 단식을 시행한 실험 대상자들은 혈압이나 각종 건강 수치는 좋아졌지만 체지방과
몸무게는 늘어났다고 합니다. 또 1일 1식은 한국영양협회가 공식적으로 비추천하는 다이어트
법입니다. 신체 지질 개선 등 효과가 나타난 사례가 있긴 하지만, 단기적인 연구에 한한 결과이기
때문에 장기적으로 영양면에서 손실이 없는지는 알기 어렵기 때문입니다.

반면 식이요법과 운동을 병행하는 느린 다이어트는 100년이 넘는 세월 동안 많은 사람들에게
통용되고, 검증된 방법입니다. 1일 1식, 간헐적 단식 같은 다이어트 방법은 아직 충분한 검증을 할 수
있을 만큼 장기간 축적된 데이터가 없기 때문에 부정확한 점들이 많습니다.

7. 채식 다이어트에 대하여

채식만 먹을 경우, 단백질 부족으로 인해 건강이 나빠질까 걱정될 수 있습니다. 하지만 성인이라면
거의 문제가 없습니다. 우리가 섭취하는 단백질은 모두 식물에서 옵니다. 초식동물이 식물의
단백질을 체내에 모으면 인간이 취하게 되는 식이지요. 콩 등에서 단백질을 섭취하면 거의 문제가
생기지 않습니다.

지난 세기, 인간은 육류는 거의 섭취하지 않고 거의 곡류와 채소류만 먹으며 생존해왔습니다. 육류는
일부 특권층만 즐길 수 있는 음식이었으며, 대다수는 특별한 날에만 육류를 먹을 수 있었습니다.
따라서 비만이나 성인병은 특권층의 질병이었습니다. 기아나, 나쁜 위생 등의 변수만 제외하면 기초
체력은 채식을 주로 하는 평민 계층이 더 좋았다고 합니다.

〈다이어터〉는 다이어터의 육류 섭취를 나쁘게 보지 않습니다. 하지만 채식 위주의 식생활 역시
장점이 있고, 잘 맞는 분들이 있습니다. 무엇보다 채식은 소화가 잘 된다는 장점이 있습니다.
만성적인 소화불량에 시달린다면 채식을 해봐도 좋겠습니다. 다이어트를 할 때 무작정 채식을
권하기는 어렵습니다. 다만 채식에도 여러 장점이 있다는 점은 알아두는 것이 좋겠지요?

드르렁
드르렁
드르렁
드르렁

하아......

잠이 안 와.

드르렁

드르렁

쿠우우

저 자식이 시끄러워서
잠이 안 와........

내가 미쳤지,
내가 미쳤어,
제정신이
아니었어.

내일 아침이 되면
내쫓아야지...

그런데....

잘못했어요..
한 번만..

앗..

움찔

흑흑.

움찔

관장님..

흐...

왠지 불쌍해....

으드드드-

불쑥

다녀왔습니다.

허!

아... 아침부터
어디 갔다 온 거야.

내 모든
신상정보다.
아침 일찍
떼어 왔어.

나를 아직
100% 믿지는
못할 테니까...

내가 만약에 도망가거나,
돈을 훔치거나 너한테
피해를 입히거든 바로
그걸로 경찰에
신고해도 좋아.

아......
이렇게까지.

자.

나보다
나이가
많잖아?

하지만 아무리 생각해도 같이 사는 건 좀..... 이웃의 보는 눈도 있고...

아, 사촌 이라고 해! 사촌! 그럼 되잖아!!

그....

자, 그럼 이제부터 앞으로의 계획을 세워보자구.

한편 수지는 아침부터 묘한 위화감을 느끼고 있었다.

그 이유는 평소 그녀가 눈을 뜨면 가장 먼저 쳐다보던 냉장고에 있었다.

엇..?

탁

탁

탁

잠깐?

아니?

몽땅 사라졌어!!

내가 깨알같이 모아뒀던 그 많은 쿠폰들!

버렸다.

버... 버렸다구?

전부?

스르륵

응. 아침에 나가는 김에 전부 버렸지. 소각장에서 태워버렸어.

다른 사람이 주워가서 먹는 것도 어쩐지 배가 아프니까.

그.......그러니까... 내가 자는 사이에... 2장만 더 모으면 한 마리 공짜인 또래또래 쿠폰도...

3장만 더 모으면 50장을 채워서 양장피가 공짜인 만리성 쿠폰도..

1장만 더 모으면 시켜먹을 수 있었던 피자 쿠폰도.... 전부 버렸다구?

전부?

전부???

그래. 관련 전단지도 전부 버렸지.

툭

끼아아아아!!

내... 내 삶의 낙을!! 내가 애지중지 모아온 것들을 상의도 없이 버렸단 말야?? 응??

너무해!!! 너무하잖아!!!

푸닥 푸닥

아, 아까워!! 아오.. 미친.... 내 쿠폰!!! 내 쿠폰~!!!!!!

앞집에
부부싸움
난 거 아냐?

앞집에
아가씨 한 명
혼자 사는데?

아 그랬지?
또 깜빡했네.
어디...

머리가
가려웠나본데?

그래요?
목욕탕 갈 때
됐나보네...
마저 밥이나
먹어요.

정신차려!!!

?!!

이 멍청한 녀석! 한 장만 더 모으면 된다고?

폭탄이 공짜로 생겼다고 집안에서 터뜨려 보겠다는 심보냐?

너 아직도 짜장면과 치킨을 3번, 양장피를 1번, 피자를 두 판이나 더 먹을 생각이었던 거야?

지금 너에게 피자는 폭탄이나 마찬가지야! 눈을 뜨라구!!

터지면 끝장이야!

거울 속 객관적인 네 모습을 봐!!

어서!

고개 들고!!

……

너는 뚱뚱해!

크윽⋯⋯

살을 빼고 싶지?

어....
응!!

응이라니!
난 이제부터
수지 너의
트레이너
선생님이야!
꼬박꼬박
존댓말하고!

아.....??
그렇구나!

네. 선생님..!

살을 빼고
싶으냐?

네!! 살을
빼고 싶습니다!

아냐! 넌 지방을
빼야 하는 거다!

??   ??

그 말이 그 말
아닌가?

지방은 줄이고
근육을 늘려야
진정한 다이어트의
성공이라는 뜻이다.

우리는
지방혁명전사들의
석방을
요구한다!

그리고
지금 당장
피자와
튀김을
먹어달라!!

탕
탕 탕

더 이상
협상은
없다!!!

그래서 원푸드나
굶는 방식으로는
더 이상 안 된다.

폭격이다!

펑 펑

우와아!!

여기 근육도
있다고!!

지방을 없앨 수 있을진
몰라도 근육까지 같이
없어지니까.

다 죽었어...

134

이젠 그 악순환을 끊을 때가 왔다.

식이조절과 운동을 같이
병행하는 게 가장 좋겠지만
지금은 워낙 쌓인 지방이 많으니
우선 식이조절로만 지방을 조금
걷어내기로 찬희는 생각했다.

지금의 수지에게는
당장의 운동보다
자신감과 희망을 심어주는 게
무엇보다 중요한 일이었다.

넌 지금 산꼭대기에
있는 공인 거야.
그리고 오늘부터
밑으로 굴러떨어지는
중이지.

한 번 내려가기 시작한 공은
꼭대기로 올라가지
못하는 것처럼.

네가 정신만
차린다면.

지금부터
줄어드는 지방들은
다시 늘어나지
않을 거야.

넌 이제부터
서서히
바뀌어 가는 거야.

서서히....!!

콩닥 콩닥

쿠쿠 쿠 쿠 쿠 쿠

수지는
금세
희망에
들떴다.

우웃..? 뭐지?
또 뭔가 희망을
가진 건가?

무슨 소리야?
수지가 바뀔 일은
절대 없어.

하긴
그렇죠.
푸헤헤헤.

그래. 여기에 나의 맞춤식단 같은 게 쭉 짜여져 있나 보구나!

파라락

자. 그리고 이거.

이,이게 뭐죠?

앞으로 뭔갈 먹을 때마다 이 노트에 적어. 매일 검사할 테니까.

깨 끗

아무것도 안 써져 있는데요....

새 거니까 당연하지!

??

그럼.. 저 뭘 어떻게 적어야 ..

그냥 먹는 거 그대로 적으라니까.

먹지 말아야 할 음식 같은 건...

맞춤식단 같은 건...

일단 그냥 적어보라니까? 괜찮아 괜찮아. 먹은 시간이랑 음식만 쓰면 돼.

...

일단 수지에게는 자기의 생활패턴을 한발짝 떨어져서 바라볼 수 있는 기회가 필요했다.

다이어트 일기.

그것은 초보 다이어터의 필수 아이템 이었던 것이다.

신수지 관찰일기

* 생활 패턴 :

아침에 일어나 출근하고, 저녁 일찍 칼퇴근. 집에서는 거의 움직이지 않는다.

취미라고 한다면 빈백에 몸을 기대 누워 좋아하는 텔레비전 프로그램을 보거나 컴퓨터로 드라마나 예능 프로그램을 보는 게 전부.

옷은 회사 유니폼과 집에서 입는 트레이닝복이 대부분.

하지만 예쁜 옷엔 관심이 많은 것 같다...

옷이 이렇게 많은데 왜 트레이닝복만 입는 거야?

안 맞아서.....

사실, 충동구매한 옷이 많거든요. 인터넷에서 보고 너무 예뻐서...

살 좀만 빼서 입으려고 사놓고...

아직 못 빼서....

...

그녀의 옷장에는 <살을 빼면 입으려고 산> 옷들이 전체의 60%정도를 차지했다.

그러면서도 정작 예쁜 옷은 거의 입지도 못하고 트레이닝복만 주야장천 입고 있었다. 안타깝다.....

그리고 수지는 많이 먹는다. 하지만 야채, 과일, 견과류는 거의 먹지 않는 듯. 아이스크림에 토핑된 것 이외에는....

게다가 고칼로리, 고열량 음식, 단것에 환장을 한다.

그런 눈으로 보지 마세요!

아, 별로 먹지도 않았는데요 뭘!

이건 입가심이에요!

수지의 군것질 퍼레이드는 식단일기
첫째날부터 일목요연하게 드러났다.

2011. 4. 8 금요일

AM
8:20 카라멜 마키아또 (편의점). 고소미
9:00 초코바
10:00 저지방두부도넛 2개. 제로 칼로리 사이다
(0 kcal)
10:30 순살 샌드위치. 이건 순살이니까 살이 안찌겠죠? ♡

PM
12:00 돼지고기 덮밥. 된장국. 김치. 나물
다이어트중이니까 나물반찬 위주로
12:30 모카라떼 1병 ← 식후에는 역시 커피!
3:00 페레로 로쉐 2개
5:00 델리만쥬 3개. 레모네이드
5:30 떡볶이 1인분. 순대 1인분. 닭꼬치 2개

저녁은 집에 와서 먹을 생각으로 아직 안 먹었어요.

...그래.......
솔직히 적은 건 잘했어.....

정말...
뼛속까지 솔직하구나.
정말로 먹은 그대로 다 적었으니까.

네. 한꺼번에 몰아서 쓰면 빠트리기 쉽다고 하셔서 먹으면서 바로바로 쓰느라 고생했어요.

에에

지금 웃음이 나와? 너 다이어트 할 마음이 있긴 한 거야?!

매일 이렇게 먹고 있었던 거야?

그리고 집에 와서 저녁을 또 먹겠다고?

일부러 저렇게 먹은 건 아니에요! 아침은 늦게 일어나서 못 챙겨먹어서 간단하게 먹은 거고...

점심 먹고 나면 졸리니까 커피 한 잔이랑...

그 정도는 다들 먹지 않나요?

오후에 입이 심심해서 초콜렛 조금 먹고...

퇴근하면서 직장동료가 만쥬를 줘서 레모네이드랑 같이 먹은 거구...

글구 그걸 먹으니까 갑자기 식욕이 땡겨서 저도 모르게 그만...

그래도 다이어트 중이니까 튀김은 참았어요.

그래, 튀김을 참은 건 잘했어.

10:00 저지방두부도넛 2개. 제로 칼로리 사이다 (0 kcal)
10:30 순살샌드위치. 이건 순살이니까 살이 안찌겠죠? ♡

근데 10시쯤 먹은 이것들은 뭐지?

그게...

수지씨. 이거 먹어.

와하하하

실 안찌는 두부도넛
이제 칼로리 걱정은 마세요!

139

직장에... 부장님께서 저와 친하셔서 자꾸 간식을 주시는데. 왠지 저를 챙겨주시는 것 같아서 단호히 거절하기도 힘들고......

그리고 딱히 살이 안 찌는 것들이라....

✿ 바보야!! 도너츠, 사이다, 샌드위치가 상식적으로 살이 안 찌겠냐?!!!

거의 매일 주시는데요..

부장이 널 좋아하나?

에이? 그럴리가요.

✿ 도넛과 피자, 햄버거 빵...아무리 멋진 말로 포장해도 지방을 늘리기 좋은 음식일 뿐이다.

부장님은 다른 사람 것도 자주 사주시고 싶어하는데 다들 안 먹어서..

다이어트 중이라고..

근데 넌 왜 먹는 거야?

너도 다이어트 중이잖아!

......그게.....

어?

그러네요?

단호히 거절해라. 직장에서 짤려도 좋다는 생각으로 거절해!!

으...

네!

알겠습니다.

앞으로 뭔갈 먹을 때는 아침, 점심, 저녁 중 어디에 해당하는지 생각하고 먹어.

그 어디에도 해당하지 않을 때는 음식에 손대지마!

찬희는 수지의 다이어트 일기를 보고 확신할 수 있었다.

아무 생각 없이 먹던 간식이 수지를 비만으로 만든 가장 큰 이유였던 것이다.

녹두면 눅눅해지니까 빨리 먹어버리자!!

냠냠

내 눈앞에서 없애버리라고 싶어!!

찬희 입장으로선 수지의 간식 섭취를 제한하는 일이 무엇보다 중요했다.

....

으, 으악!!

우르르

같이 먹으려고
한거에요!!

진짜에요!!

넌 영원하게마
축해

습관이란 그렇게
무서운 것이었다.

141

안 돼요-!!

내 카드!

싹둑

내 쿠폰!!

싹둑

내 도장!!

싹둑

으흑...
한 번만
더 찍으면
머핀이
공짜였는데
...

쿠폰 따위에
집착하지 마!

흐흑.. 네.

목이 말라
죽을 것 같으면
물을 사 먹어!
배가 고프면
조금만
참았다가
밥을 먹고!
대신 딱
네 가지만
조심하는 거야.

<짠 것>, <단 것>,
<밀가루>, <튀긴 것>!
딱 이 네 가지만.
약속해, 지금.

네, 노력은
하겠지만....

'하겠지만..'이
아니야!

노력 '하는'
거다.

찔끔

지갑에 현금들은
네 통장에 다시
저축해두겠어.

오늘부터 수지 네가
밖에서 쓸 수 있는 것은
이 체크카드 하나뿐이야.

Check card

9410 4612 3456 7890

SIN SOO JEE

Maestro

당연히 네 통장에서
빠져 나갈거야.

하지만
결제 내역은
내 핸드폰으로
날아온다.

그 말인 즉슨, 수지가 밖에서 뭔가를 사 먹는다면
즉시 찬희에게 보고가 된다는 것이었다.

게다가 포장마차나 노점 같은 곳에서 파는
군것질거리는 체크카드 결제가 되지 않으므로
전혀 먹을 수가 없다는 의미도 되었다.

[캐러멜체크카드]
신수지님
04월 08일 15:30
3,500원

GS편의점 사용

[캐러멜체크카드]
신수지님
04월 09일 19:45
5,500원

휘핑크림커피전문
점 사용

크으윽...!

수지는
이런 상황까지
몰리자 치사하고
더러워서 제대로
다이어트를
해보자는
생각이 들기
시작했다.

수지의 마음은 찬희에 대한 분노와 감사함과
두려움의 소용돌이로 휘몰아쳤다.

그리고 아직도
수지가 넘어야 할 산은
남아있었다.

아, 싫다니까요!

제대로 서 봐! 머리도 묶고!

히잉.... 사진 찍는 거 정말 싫은데...

사진 찍히는 게 왜 싫어?

못 나오니까요. 실물보다....

찰 각

찰 칵

찰 각

똑같이 나왔구먼.

에엑! 이게 나라구요? 말도 안 돼!

대게 살 찐 사람들은 자기가 좋아하고 원하는 각도로만 거울을 보지. 그래서 사진에 찍혔을 때, 나는 사진빨이 안 받는다, 실물보다 못 나온다고 생각하는 거야..

이게 남들이 보는 너야. 가장 객관적인 수지 너 자신!! 너, 전신 사진을 찍어 본 적도 없지!

144

그럼 자, 다음은 사이즈.

에엑!! 사이즈도 잰다구요?

싫어요!!

진짜 다이어트는 말이야.. 단순히 체중계의 숫자를 줄이는 게 아니야.

솔직히 말해 체중계의 숫자는 크게 의미가 없어. 사이즈를 줄이는 데 성공해야 진짜 다이어트 성공이지.

찬희는 수지의 허리와 팔뚝, 허벅지,종아리 사이즈를 척척 기록해 나갔다 .

체중계의 숫자만을 줄이는 거라면 단순히 굶기만 해도 줄일 수 있어.

....

에? 살 뺐다고? 쪼금 수척해진 것 같긴 한데...

수지씨 요즘 무슨 일 있어? 다크 서클이 심한데... 피부는 푸석푸석 하고...

맞아요.....

키가 163인데 체중이 93이야?

옷, 옷무게가 1kg... 아니 3kg...이에요!

옷이 3kg이라고?? 강철팬티를 입었나....

좋아 1kg은 옷무게라고 치고.

그래도 163에 92kg이라... 흐음...

수지가 막연히 자신을 뚱뚱하다고 느끼는 것과, 구체적인 수치를 알게 되는 것의 차이는 컸다.

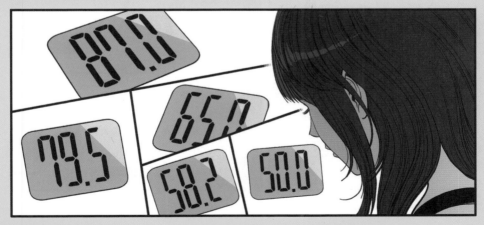

아무리 먹성 좋은 수지였지만 아침을 꼬박꼬박 챙겨 먹기란 쉬운 일이 아니었다.

수지가 찬희와 함께
식이조절을 시작한 지
일주일째 되던 날.

셀룰라이트는
기분이 편치 않았다.

와아아아

지방들이 돈을
펑펑 써대기
시작한 것이다.

BOOM

BOOM

쓸데없이
힘 빼지 말고
돈이나 모으란
말이야!

이 녀석들!

아~ 형님!
그렇게 돈만
잔뜩 모으다가
저승길에
싸들고
갈 겁니까?

형님도 그냥
노세요, 쫌.

....

쏴아아아

와아ㅡ
돈이다!

아이러브
머니!

....

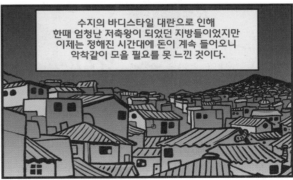

수지의 바디스타일 대란으로 인해
한때 엄청난 저축왕이 되었던 지방들이었지만
이제는 정해진 시간대에 돈이 계속 들어오니
악착같이 모을 필요를 못 느낀 것이다.

음식은 들어온다...
제 시간에
꼬박꼬박...

지금 당장
걱정할 건
없는 것 같다..

하지만..

이렇게 정해진 시간에
꼬박꼬박 들어왔던 적이
있었었나?

빵
빵

자네. 아직도 걸어다니나?

타라구.

....

부릉 부릉

차 좋은데요. 이거 비싼 거 아닙니까?

어. 한번 크게 질렀지.

부왕

....

저어, 지방대장님. 이럴 때일수록 좀 더 아끼고 저축하면 어떻겠습니까?

뭐? 지금 나한테 명령하는거야?

그게.. 아무래도 뭔가 이상한 느낌이 들어서...

이상하긴 뭐가 이상하다는 거야!

이렇게! 이렇게 돈이 제 시간에 꼬박꼬박 들어오고 있는데!!!

이 나라에서 우린 무적이라구!!

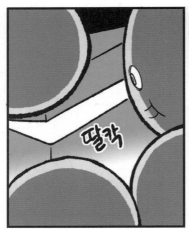

딸칵

슉 ? 슉 ? 슉 ? 슉 ? 슉 슉 ?

뿡

뿡

뿡

우득

우득

푸휴~. 상쾌해~!
직장행 버스는
어디 있나.

오! 저기 있군.

다음 정거장은
변기입니다.
출발합니다.

부웅

크윽...
저건 대체 뭐지?

신입 지방들을
족족 데리고 나가는
저 녀석은 대체
뭐란 말이야!!

아삭   아삭

아, 맞다!
삼겹살이랑 채소를 같이 먹으면
채소 속에 있는 섬유질이 지방을
배출시켜준대요.
신문에서 봤음.

뭐...
그렇지.

알면
먹으라구.

채소를 챙겨 먹으려면
좀 더 부지런해져야 한다.

다이어트를 하지 않더라도
생채소는 몸에 꼭 필요해.
채소에서만 얻을 수 있는
비타민과 무기질이 많거든.

매일매일
먹도록해.

수지에게 신선한
채소를 먹이기 위해
인터넷으로 구입한
채소 탈수기

셀룰라이트가
불안감을 느끼는
요소는 또 있었다.

아, 외롭다.
외로워.

솔로! 솔로!

어?
위를 봐!

둥실

둥실

레이디~!
저와 함께
넓은 세상으로
한 번 떠나보시지
않겠습니까?

짜긋

와 아-♡

요즘들어 자주 보이는
저 뺀질뺀질한 녀석도 재수없어!

저렇게 커플이 된 지방들은
모두 행방불명이 돼 버리니까 말이야..!!

오독

오독

아몬드엔 불포화지방이 많아.
하루에 한 줌 정도 먹도록 해.

아니. 저보고 지금
지방을 먹으라구요?

지방도 좋은 지방,
나쁜 지방이 있어. 아몬드는 좋은
지방이니까 괜찮아.

다행이다..

맛있다..

오독

오독

또 좋다니까 배 터지게
먹을 생각말고 하루에
10알 씩만..

생 아몬드를
볶기 위해
구입한 스텐팬.

차 차

식비절감을 위해
직접 볶아
먹기로 했다.

식단조절 열흘째 되던 날.

별떡

머리가 안 아파...

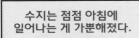

수지는 점점 아침에 일어나는 게 가뿐해졌다.

냠냠

디저트로만 먹었던 바나나도 아침 대용으로 좋은 음식이란 걸 알게 되었다.

외출하고 올게요~.

밖에서 이상한 거 사 먹지 말고 일찍 들어와!

붕붕붕붕

아직까지 수지는 나약한 의지력의 소유자였지만...

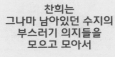

찬희는 그나마 남아있던 수지의 부스러기 의지들을 모으고 모아서

일단 건강한 식단 단 하나에만 적응할 수 있도록 집중했고,

수지 역시 그 정도 노력은 할 수 있는 여자였던 것이다.

155

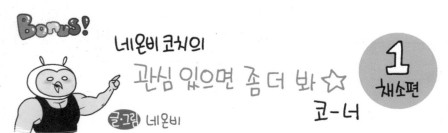

오늘자 만화에 나온 이 녀석은 <채소>입니다.

아아악

전 원고로도 없는데 캐작가의 강요로 짜투리 만화를 그리고 있군요.

혼히 야채와 채소를 구분 없이 쓰지만 야채는 일제식 표현이니 채소가 맞습니다.

만화상에서는 채소 캐릭터가 지방을 흡수해 배출시키는 걸로 나오지만

조금 더 정확히 표현하자면 콜레스테롤 수치를 낮춰주는 역할을 합니다.

*현재는 '야채'도 '채소를 일상적으로 이르는 말'로 널리 사용하고 있다.

채소의 몸속은 이런 것들로 이루어져 있는데,

섬유질

무기질

각종 비타민

섬유질은 흔히 말하는 식이섬유입니다. 채소에 들어있는 섬유질은 부피가 크기 때문에 금방 포만감을 느끼게 해 주죠.

우와! 고기를 쌈에 싸 먹으니 짱이구나!!

저렇게.

포만감 굿.

똥도 잘 싸게 되구요. 그러니 변비이신 분들은 물과 채소를 많이 드세요.

쾌변!!!

Toilet

그 외에도 채소는 몸에 꼭 필요한 각종 무기질과 비타민을 공급해 줍니다.

냠

현대인이 바빠서 비타민제를 챙겨먹는 건 채소를 먹는 것과 비슷하다고 보시면 됩니다.

채소 탈수기는 채소를 씻어 먹는 시간을 크게 줄여줘서 요긴히 쓸 수 있으니 참고하세요.

가격은 6천원 정도부터.

저 역시 하나 사서 닳도록 쓰고 있습니다.

금도 갔음

Bonus!

빵긋♡

네온비 코치의

관심 있으면 좀 더 봐☆

코-너

<글·그림> 네온비

2
불포화지방편

흔히 먹거리를 사서 성분표를 보면 나와 있는 <포화지방>.

영 양 성 분		
열량 120kcal / 탄수화물 11g(3%)_당류 8g		
단백질 6g (10%) / 지방 6g (12%)_포화지방 1.4g(9%)		
트랜스지방 0g / 콜레스테롤 0mg / 나트륨 180mg(9%)		

지방은 흔히 포화지방/불포화지방 으로 나누어지는데

포화지방은 이런 것들.

이게 맞고 무지 많음...

불포화지방은 이런 것들이 있습니다.

종류만 봐도 눈치채기 쉽듯, <포화지방>을 과다 섭취하면 마른 비만 or 리얼 비만이 됩니다.

게다가 <포화지방>은 고체형 지방입니다. 많이 드시면 여러분의 피가 기분나쁘게 끈~적 끈~적 꿀~렁 꿀~렁하게 되는거죠.

*마른 비만 : 말라보이지만 몸 속은 근육부족&지방과다로 위험한 상태. 자세한 설명은 적기가 귀찮으니 궁금하면 검색해보세요.

포화지방 과다섭취시 우리 몸은 LDL 콜레스테롤 수치가 높아지게 되는데,

LDL은 저렇게 혈관에 쌓이는 나쁜놈들이라고 생각하면 됩니다.

ㅋㅋㅋ

폴짝

예고편에 나왔던 수치의 혈관(우물)을 막고있는 지방들.

끈적끈적한 피가 내 몸속을 활개치고 돌아다니는 것도 기분 나쁜데 혈관까지 처막고 있으니 못된 놈들이죠.

따라서 동맥경화 뇌졸중 심장병같은 혈관 질환도 유발시켜주고요. 어느날 훅 가는 겁니다.

그런 LDL의 천적이 HDL입니다.

HDL HDL HDL HDL HDL HDL

불포화지방을 섭취함으로써 생기는 HDL은 혈관 벽에 붙어 있는 나쁜 지방을 없애줍니다.

아몬드는 하루 30g 정도가 권고되는 섭취량입니다.

많이 드시면 살쪄요. 적절히, 하루 10알 정도면 좋습니다.

잣, 호두 등에도 풍부하니 골고루 드시면 굿.

술안주로만 생각하지 마시구요.

아몬드 회사에서 이걸 본다면 홍보해 드렸으니 1년치 아몬드를 캐러멜 화실로 좀 보내주세요. 감사합니다. 아이 러브 아몬드!

수지가 식단조절을 한 지
2주가 지났다.

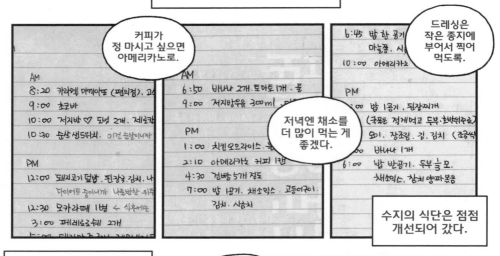

커피가
정 마시고 싶으면
아메리카노로.

드레싱은
작은 종지에
부어서 찍어
먹도록.

저녁엔 채소를
더 많이 먹는 게
좋겠다.

수지의 식단은 점점
개선되어 갔다.

맛있는 것을
먹고 싶다는 욕망은
항상 있었지만
그래도 수지는 제법
잘 참아내고 있었다.

설거지를
해 주는 사람이
있으니 편하군.

집에 있으면
그거라도
해야지.

얼른 일기 쓰고
출근하자.

아. 상쾌한
아침이야.

네.

오랜만에
체중 재보자.

기
습

아. 갑자기 그러는 게 어딨어요!!

게다가 방금 밥 먹었는데.

미리 말해줬으면 어제 저녁부터...

아침도 다 먹었는데!!

싹싹 비웠는데!!

또, 또! 굶지 말라고 했잖아.

질질질

그냥 확인만 하자구.

갑자기 이런 법이 어딨어...!

식단이야 나름대로 노력하긴 했는데...

아침 먹은 직후니까 91kg 정도 되려나?

그래도 조금은 빠졌겠지...? 아닌가...??

아침 조금만 먹을걸...

덜 덜 덜

치사하다...!

치사해...!!

슬쩍

!!!!

식단조절만 2주차.

우왁!!

92kg→88kg

그저 적당히 밥 먹고 적당히 간식을 줄였을 뿐인데...

앞자리가 8이 됐어요!!

그간 수지가 얼마나 무절제한 생활을 해왔는지 반증해 주는 것이기도 했다.

100kg에서 점점 멀어지고 있다구요!

이럴 수가!

별로 힘들지도 않았는데!!

세 끼 다 먹었는데!!

갑자기 몸이 가벼워 진 것 같아요!

이동작은 유산소운동에 좋습니다.

잘 하고 있어.

근데 주말 저녁에 만들어주시는 채소,단백질 식단이요... 보통은 일주일 내내 그렇게 먹지 않나요?

보통 그렇게 짜주지 않나요?

그럼 더 빨리 빠질 텐데..

체력이 별로라 금방 숨이 차다.

단기간에 빨리 빼야 될 중요한 일이라도 있어?

평생 내가 차려주는 음식만 먹고 살래? 그러고 싶어?

아뇨...

아뇨...

빨리 빼면 빨리 늙는단 말야.

빨리 내려가고 싶다고 옥상에서 뛰어내리는 바보는 없잖아?

엘리베이터를 타면 되잖아요. 엘리베이터!

으아아 아아 아

우린 엘리베이터 대신 천천히 계단을 파면서 내려가는 거다.

그럼 지방이 다시 올라오고 싶어도 계단으로밖에 올라올 수 없어.

자, 갑간...

여긴 왜 계단밖에 없어?! 빨리 올라가!

요요가 오기 어려운 체질이 되는거야.

그래도...2주만에 4kg! 한 달이면 8kg!! 5개월이면 40kg~

하하하

수지는 간만에 부질없는 망상을 하며 행복해 했다.

바보야, 당연히 그렇게는 안 돼. 넌 애초에 워낙 많이 나가서 초반에 빨리 빠지는 것뿐이야. ㅋㅋㅋㅋ

다녀오겠습니다.

잘 다녀와.

그래도 4kg 빠진 건 사실이니까~.

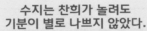

수지는 찬희가 놀려도 기분이 별로 나쁘지 않았다.

좋아! ♪ 오늘도 잘할 수 있을 것 같다!

식단까지는 간신히 되돌려 놓았다.

이제 곧 운동을 시작해야겠군.

탄산...

하...........

오늘만큼은
정말 탄산을
마시고 싶어...

목구멍으로 콜라를
꿀꺽 꿀꺽 삼킬 때
목이 따가운 그 쾌감...!

엄청난
시원함과
청량함을
느끼고 싶어
......!!

체중도 줄었으니까 콜라
한 캔 정도는 괜찮지 않을까?

제로
칼로리니까
괜찮지
않을까?

0kcal면
물이랑
똑같잖아??

물이랑 똑같으면서도
콜라맛이 나다니 참
좋은 세상이야...

체크카드 밖에
못쓰니
신중하게....

이거 주세요.

맛있어...!!!!

탈 탈 탈

제로 칼로리 최고야...!!

제로 칼로리 음료는 어떻게 단맛을 낼 수 있는 걸까?

제로 칼로리 단맛의 주성분은 '아스파탐' 이라는 합성 감미료.

기존 설탕의 200분의 1만 넣어도 비슷한 단맛을 내기 때문에 설탕 대용의 저칼로리 감미료로 많이 쓰이고 있지만...

문제는 혀와 함께 뇌까지 속인다는 점이다.

그리고 이녀석이 수지의 뇌.

아직까진 의지가 많이 부족하니 더 많은 관심과 사랑이 필요한 녀석이다.

이 녀석은 모르는 게 없다.

어?

수지가 콜라를 마시고 있어!!

히히

와하하!! 요즘 뜸한 것 같더니 역시 마셔주는구만!

설탕은 얼마쯤 들어오겠나?

콜라는 당연히~

설탕이 이만큼!

좋아! 당분을 가지러 가자!!

두두두두두

가는 김에 내 것도 가져와죠.

!! ??

이게 무슨 짓이야!

미쳤어?

닥쳐! 허풍 쟁이야!!

설탕이 많이 들어온다길래 우리가 얼마나 기대했는지 알아!?

근데 딸랑 한 냎?! 장난해!?

이럴 거면 차라리 말을 하지 말란 말이야!!

미안해... 내가 착각 했었나봐...

알았으면 더 달라고 해! 어서!

빨리!

당장!

지금!

이놈의 방정맞은 뇌는 가끔 하지 않아도 될 말을 내뱉어서 곤란을 겪곤 했다.

아... 왠지 자꾸 단 게 땡기네?

더 먹어 더 먹어 단거.설탕 초콜렛.호당 단팥크림 페스츄 부족해

....

아냐...참을 수 있어.

Coffee

2주 동안 잘 참았잖아. 정신차려!

제발먹어! 단거.설탕.초코 먹어! 크림 살려줘! 먹어줘! 진짜는거 아무거나! 지방 콜라.더치.빵

....

흐아아..! 달콤한 게 먹고 싶어! 입가심으로 초콜렛..아니.. 슈크림빵..?

그래! 이건 나한테 주는 상이야!! 2주 동안 잘 해온 나를 위한 선물이야!!

띠링

띠링

?

...

[캐러멜 체크카드]
신수지님 1000원
훼미리마트 사용

띠링

띠링

[캐러멜 체크카드]
신수지님 2500원
뚜레쥬르베이커리
사용

띠링

[캐러멜 체크카드]
신수지님 4000원
GS편의점 사용

ㅇㅇㅇㅇㅇ...

부들 부들

나 왜 갑자기 처먹은 거지?
콜라에서 멈췄으면 됐을 텐데!

아니, 콜라도
먹지 말걸!

물만
먹을걸!

애초에
편의점에
들어가지
말걸!

으...

못 받겠어~~
무서워~~.

왜 물을
놓고왔던 거야!

왜 목이
말랐던 거야!

왜 하필 햇살이
뜨거웠던 거야!

왜 태양은 지구를 자꾸
데우는 거야....!!!

그래도 수지는
정직하게 적었다.

:40 바나나 2개. 두유 1컵

8:00 제로 칼로리 콜라

8:20 슈크림빵. 크로와상.
마카다미아 초콜렛 1팩

죄송해요...ㅠㅠ

13:00 카레정식. 김치

적을 수밖에
없었다.

찬희에게 한바탕
혼이 나고서야 제로 칼로리에
대해 조금 알게 된 수지.

이제 다시는 <제로>나
<다이어트> 따위의 단어에
휘둘리지 않기로 결심했다.

8. 아침식사의 중요성

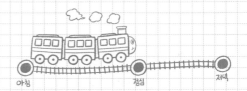

사람은 하루 7~8시간 수면을 취합니다. 그 동안에도 숨을 쉬고, 체온이 유지되며, 심장은 뜁니다. 따라서 에너지는 계속 소모 되고요. 자면서도 먹는 사람은 없을테니 기상했을 때는 에너지가 부족한 상태입니다. 아침식사는 이때 에너지를 보충하는 역할을 합니다. 본문에서 수지는 간략하고 먹기 쉬운 식단들을 선택했습니다. 입맛이 없는 아침에는 그런 식단도 OK. 만약 본격적인 운동 중이라면 단백질이 풍부한 식사를 해도 좋습니다.

아침식사를 거르면 신체는 비상상태로 여기고 지방을 비축하기 시작합니다. 허기가 심해지니 점심에 과식을 할 가능성도 커지고요. 귀찮다고 아침을 거르면 다이어트에 실패하기 쉽습니다.

9. 감미료와 조미료를 알아보자

본문에 묘사된 설탕 대체 감미료는 아스파탐입니다. 수지가 아스파탐이 든 음료수를 마신 후 설탕에 대한 열망이 커집니다. 대체 감미료가 설탕 섭취를 부르는 이유는 단맛의 음식을 먹었음에도 혈당치가 오르지 않기 때문인 것으로 추정됩니다. 즉, 혈당이 높을 때 대체 감미료 음료를 섭취하면 수지와 같은 반응이 일어나지는 않겠죠. 한편 감미료가 해롭진 않을지 걱정될 수도 있습니다.

WHO에 의하면, 아스파탐이 든 음료를 하루에 5ℓ 이상 마시지 않는 이상 안전하다고 합니다. 음식에 대한 열망이 강한 독자라면, 대체 감미료를 애용해볼 만하다고 조심스럽게 제안합니다. 대체 감미료에 대한 반응은 개인차가 있고, 상황에 맞게 섭취하면 다이어트에 도움이 될 수 있습니다. 고도비만의 경우 보통 열량의 30% 이상을 설탕으로 섭취한다고 합니다. 대체 감미료로 설탕 섭취를 줄일 수 있다면 이익이 더 클 것입니다.

수지가 식단일기를
작성한 지 20일이 지났다.

수지 스스로도 대견해 할 만큼
놀라운 변화였다.

야!
신수지!
일어나!

부스스

으...
알아요.
아침 먹을
시간...

가끔씩 사고를 치는 날도 있었지만
꼬박꼬박 정직하게 일기를 쓰고
찬희의 검사를 맡았다.

하암

쳐
ㄹ

파프리카, 두부
방울토마토를 곁들인
샐러드.

+ 두유 한 잔.

두유

잘근   잘근

쏴아아아

안녕하세요.

저는 수지나라의
꼬마근육입니다.

장래희망은
근육왕이구요.

비켜!

비켜!

우르르르

이제는 늦으면 돈 못 받는대!

빨리 가자~!

ㄷㄷㄷㄷㄷㄷ

애야. 빨리 들어와.

나쁜 거 배울라.

아빠.

지방들이 약간 작아진 것 같아요.

무슨소리니? 아직 크고 많은데.

아니에요! 자세히 보세요.

허허.. 그래 빨리 지방들이 작아지면 좋겠구나.

진짠데...

아빠, 우린 왜 이렇게 가난한 거예요?

집은 판잣집...

이사 가고 싶어요! 좀 더 큰 집으로...

왜, 우리 근욱이는 집이 맘에 안드는거야?

누울 수 있음 됐지 뭐.

하하

좁아요!

좁다구요!

운동도 못하고!

수지가 근력운동을 해야 우리 형편이 좀 나아질 텐데...

걔가 운동을 할 리가 없잖니?

맨날 굶기 폭탄만 떨어트려서 우리가 요 모양 요 꼴로 사는 거지.

펑. 펑.

그나마 번듯했던 집도 다 부서지고..

어쩌다 보니 이런 데서 살고 있구나...

아빠...

너무 슬퍼마세요. 요즘 수지가 정신을 차린 것 같으니까요.

저도 금방 근육왕이 될 거구요!

글쎄다...

인간이란 그렇게 간단히 새로 태어날 수가 없단다.

그렇다.

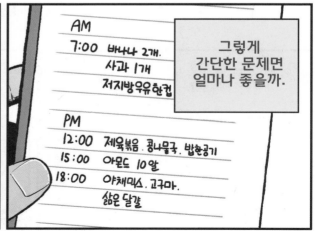

AM

7:00 바나나 2개.
사과 1개
저지방우유한컵

PM

12:00 제육볶음. 콩나물국. 밥한공기
15:00 아몬드 10알
18:00 야채믹스. 고구마.
삶은 달걀

그렇게 간단한 문제면 얼마나 좋을까.

매일 매일 채소를 맛있게 먹을 수 있다면.

바나나, 토마토, 양상추, 두부가 항상 맛있을 수 있다면.

그럴 수만 있다면 얼마나 살아가기 편할 것인가.

하지만 인간이란 그렇게 단순한 존재가 아닌 것이다.

채소 먹기 싫어…!

치킨 먹고 싶어…!

과거의 나로 1분만 돌아가서 그 먹는 기분을 느끼고 싶어!

회식하면서 고기 먹으러 갈 때 부장님이 뱃속에 기름칠 좀 하고 살아야 한다고 했지.

그때는 재미있어서 웃었는데 지금은 뼈에 사무치도록 이해가 갈 것 같다.

빌어먹을 풀쪼가리 !!!

아냐,아냐..

이제 겨우 4kg 빠졌을 뿐이잖아.

난 식단을 꼭 잘 지켜서 살을 빼고야 말 거야! 그러니까…!!

주는 대로…

먹는 거다…

식단 조절 20일째. 수지는 위태위태하게 식단을 지켜가고 있었다.

쓸 만한 신발이 하나도 없군.

네? 신발 많은데...

바보야. 운동화가 없단 말이야.

전부 하이힐...부츠... 그나마 운동화라곤 얇은 단화 뿐이잖아.

꼭 필요한 신발이 없군.

안 되겠다. 나가자. 운동화 사러.

지... 지금요?

그래. 이제 슬슬 운동을 시작해야지. 헬스장도 가고.

수지는 이미 헬스장에서 시간 낭비한 경험이 있다.

운동은 싫은데...

.....???

저...꼭 운동해야 하나요?

차라리 식단을 더 철저히 지켜서...

아냐. 식단조절은 이 정도가 딱 좋아.

솔직히 지금도 힘들어하고 있잖아?

더 이상 먹는 걸 줄일 순 없어.

이젠 운동을 할 때야.

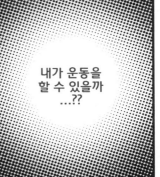

내가 운동을 할 수 있을까 .....??

운동을 꼭 해야 하나요?

큰헬스장

다이어트는 식이조절 80%, 운동이 20%로 이루어진다.

MUSCLE MAN

그럼 전 식이조절만..

그 말을 운동이 식이조절보다 덜 중요하다고 받아들이는 사람이 있지. 바로 너처럼.

서찬희. 눈을 감고 상상해 봐라. 네 앞에 놓인 거대한 찰흙 덩어리를.

이 찰흙을 사람 모양으로 만들려면 어떻게 해야할까?

운동이 남은 찰흙을 원하는 모양으로 만들어 주는 것이다.

두 가지를 병행해야 100% 완전한 작품을 만들 수 있는 거야.

식이 조절이 여분의 찰흙을 떼어내는 역할을 한다면

이거 하나만 기억해라.

운동은 절대로 널 배신하지 않는다…!

관장님…

여기 저 같은 놈이
또 있군요.

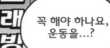
꼭 해야 하나요,
운동을...?

식이조절만으로
다이어트가 가능하다면
굳이 운동할 필요는
없지 않나요..?

차라리
먹는 걸
참을래요.
참는 게
좋겠어요.

물론 식이조절만으로도
다이어트 할 수 있어.

지금보다 훨씬 더
타이트하게
관리한다면.

먹고 싶은 게 있어도
계속 참을 수만
있다면 말이지.

하지만 근육들은
어떻게 할 거지?

대책이
있나?

늘
빌빌대고 있는
근육들이
불쌍하지도
않은 거야?

너가 운동을
하지않으면
평생 바뀌지
않을 거라구.

그리고 지금보다
먹는 걸 더
줄일 수 있겠어?

고작 2주도
힘들어 하면서
평생을 참고
살 수 있겠어?

...

운동을 하면
빵 한 개를 먹어도
살찌는 몸이
빵 두 개를 먹어도
체중을 유지할 수
있게 된다.
몸에서 전부
써버리니까.

그만큼 더 자유롭게
먹고 살 수 있단 말이야.

운동...
하겠습니다.

그래야지.

결국 많이 먹을 수 있단
말에 넘어간 수지.

그럼
식이조절
만으로도
지금 4kg이나
뺐으니까...

운동까지 하면
한달에
10kg 정도는
더 문제 없겠죠?
헤헤...

...

그렇겠죠?

찬희는 굳이 수지의
흥을 깨지 않으려고
입을 다물었다.

운동 시작 전,
운동을 하기 위한 물품을
구입하기 위해 간단한
쇼핑을 즐기는 것은
의욕을 충만하게 해준다.

와~. 저기 봐요,
운동화가
세일 중!!

운동화는 무조건 네 발이
제일 편하고 오래 움직여도
좋은 걸 사야해. 너무 싼 것만
고집하지마.

헤헤.. 네.

30%

저기로
가보자.

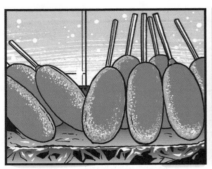

....

먹고 싶냐?

엑? 네?!! 그게...

수지는
이성적으로
생각했다.

밀가루...

게다가 튀겼어...

소세지는
짜고...

케찹도
짜고...

설탕을 묻히면
달기까지...

으...
못먹겠다...!!

아침 적게 먹고
나왔지?

계란빵
2개 천원

계란빵
한 개만
먹을까.

계란빵
정도라면...
좋아!!

좋아!!!

하지만 한 개를
다 주진 않았다.

반 개만
먹어라.

뚝

나에게
노른자를
줬어...
상냥해.

냠냠

냠냠

혼자서 스포츠용품 매장에 들어가 본 적이 없는 수지는 모든 게 신기했다.

오와! 이거 봐요!

만보계랑 아대는 안 사도 돼요?

이 아령은 폭신폭신 하네요?

이거이거!

너 발사이즈 몇이냐?

250이요.

스포츠양말은 왜 이렇게 두껍죠?

빨리 신발이나 골라.

이 정도면...

괜찮을 것 같은데...

아직까진 혼자서 신발 신기 불편하겠지...

발.

저쪽 발.

뛰어봐.

디웅 디웅

수지는 오늘 난생 처음으로 운동하기 위해 운동화를 샀다.

이왕 사는거 두 개 샀다.

헬스장에서 신을 것.

평소에 신을 것.

찬희 건 물론 없었다.

제가 하나 들게요

됐어

안 무거워

신발까지 생기자 수지는 운동이 너무너무 하고 싶어졌다.

신고 싶어요! 한 개는 신고 갈까요?

앙않어. 신어라 신어. 자!

MAX

의욕 게이지

운동하면 정말로 지방이 더 신나게 빠지겠죠?

발이 정말 편해요!

그래! 내일은 헬스장에 가자구!

그래요! 빨리 운동 하러 가요!!

둑 둑 둑 닥닥

둑둑닥닥

질

끈

서찬희. 그는 의외로 좋은 트레이너가 될 지도 모른다.

방긋 방긋

이대로 48kg까지 달릴 수 있을 것 같아요!!

부아앙

SUJEE

그토록 운동하기 싫어하던 수지를 스스로 운동하고 싶게끔 만들었으니.

아하하하!

그래! 옳지!

잘한다!

이제야 제대로 운동할 마음이 들었구나!

찬희는 무척 흐뭇했다.

그렇게 넌 살을 빼고 난 유명 트레이너가 되는 거다...!

하하하

크흡!?

끄으으으....

무, 무슨 일이야?!

왜 그래?

응?

어디가 아픈 거야?!

말을 해봐!

하지만 아직 찬희가 모르는 사실이 있다.

안돼...

기껏 달릴 수 있게 만들어 놨잖아... 기름도 좋은 것만 넣어줬잖아...

뭐지?

무슨 문제가 있는 거지??

?!

뭐야 이 트럭 ...

엔진 대신 저질 모터가 들어있어...

수지의 체력은 간단한 운동도 소화해내기 힘든 상태였던 것이다.

갑자기 뛰었더니 너무 숨이 차서...

심장이 뛰어서...

하악 하악 하악 하악 하악 하악 하악

....
....

하악 하악 하악 하악 하악 하악

수지는 일단 최소한의 기본적인 체력부터 길러야 했다.

흑- 이제 됐어요...

헬스장은 그 다음 문제였다.

..헬스장에 바로 가는 건 좀 더 생각해 보자.

으으...갑자기 뛰다보니 힘들었던 것 뿐이에요.

운동하고 싶어요..!

빨리 운동해서 지방을 쫙쫙 빼버리고 싶단 말이에요!!

...

그래서 지금 대책을 생각하고 있는 중이야!!

니가 체력이 너무 떨어져서 그런 거잖아!!

어쩐지 오늘은 계란빵도 먹고 운수가 좋더니만.

와아아앙!! 운동화를 샀는데 왜 운동을 못하니!

오히려 지금 가장 울고 싶은 사람은 찬희였다.

그래서 제가 식이요법만 하겠다고 한 건데 ....

바보야. 체력은 지금부터 키우면 된다.

우울

운동을 아예 못한다는 게 아니야!!

하지만 회사 때문에 바쁜데 언제 체력을 길러요...

어느 세월에 체력을 키우고 운동을 하냐구요...

오늘처럼 조금만 뛰어도 하늘이 노란데....

생활습관을 바꾸면 돼!!

땡

징징 대지마!

수지의 회사까지는 지하철로 7정거장

그 중 2정거장을 걸어서 출퇴근 하기로 했다.

182

체력을 기르기 위해선 조금 더 부지런해져야만 했다.

잠을 잘 시간을 확보해야 하므로 집에서 아침식사를 하는 대신 바나나나 두유, 아몬드 등을 챙겼다.

편하고 좋았다.

바나나는 아침에 먹을 수 있는 만큼만 들고 다녔다.

바나나란 녀석은 성격이 급해서 꼭지를 따는 순간부터 빠르게 익어 버린다.

수지는 이미 집에서 싸온 바나나를 저녁까지 들고 다니다가 여러 번 물러 터뜨린 경험이 있었다.

찬희가 싸주는 아침 도시락을 먹을 때도 있었고,

가끔은 간단한 과일로 대체했다.

신수지!! 내가 졸리거나 귀찮아서 그런 게 절대 아니야!!

사과는 껍질에 좋은 성분이 많으니까 지하철 기다리면서 씹어먹어!! 아..알겠냐!!

어쨌든 배는 부르고 좋았다.

어이구 무거워...
어깨 빠지겠네...

빨리 먹어서
가볍게 만들자!

가방을 비우기 전에는
군것질 할 마음도
들지 않았다.

만두

왕만두 아저씨는
슬퍼졌다.

당분간
높은 힐은
신지 않기로
했다.

발이 편해지니
회사까지 걸어갈
용기가 생긴다.

에스컬레이터는 정말 편한 기계였구나.

하지만 난 탈 수 없지.

선생님이 계단만 이용하라고 했으니까...

숨이 찬다. 숨이 차...

아약 아약

하지만 참고 올라가야 해.

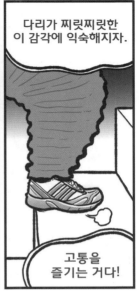

다리가 찌릿찌릿한 이 감각에 익숙해지자.

고통을 즐기는 거다!

나는 원시인이야!

에스컬레이터 따윈 원래 없는 거야!

집에 가려면 이 산을 올라가야 하는 거야!

우르르

푸하

등반 성공.

수지는 이제부터 30분을 걸어야 회사에 도착할수 있다.

30분 걷는 거리는 그렇게 먼 거리가 아니야. 네가 좋아하는 노래를 딱 10곡만 들어라.

아침에 걸을 땐 어떤 노래든 좋아.

그럼 회사에 도착해 있을 거야.

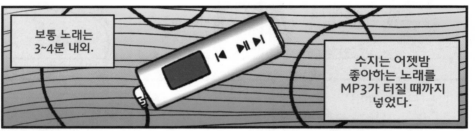

보통 노래는 3~4분 내외.

수지는 어젯밤 좋아하는 노래를 MP3가 터질 때까지 넣었다.

발라드.

댄스.

아침과 음악... 이 두 가지는 세상을 새롭게 보이게 하는구나.

하루를 열심히 보낼 수 있을 것 같다.

걷다보니 평소엔 눈에 띄지 않던 것들이 들어온다.

간판 디자인은 참 다양해. 돼지나 닭을 다 다르게 그려놨잖아?

귀엽다.

사람들 얼굴도 전부 다 달라.

똑같은 눈코입을 붙여놨는데 어떻게 수만 가지의 조합이 나오지?

하지만 나보다 뚱뚱한 사람은 아직 한 명도 없네...

열심히 해야겠다...

노래 8곡 반을 들었을 무렵 수지는 회사 앞에 도착할 수 있었다.

목이 말라...!

이제 오냐.

앗.

찬 녹차다. 아침에 준다는 걸 깜박했어.

꿀꿀꿀

내일은 보리차를 싸줄게.

벌컥 벌컥 벌컥

푸 하

30분 걷는 거 의외로 할 만하네요?

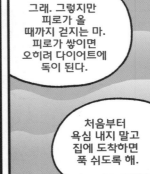

그래. 그렇지만 피로가 올 때까지 걷지는 마. 피로가 쌓이면 오히려 다이어트에 독이 된다.

처음부터 욕심 내지 말고 집에 도착하면 푹 쉬도록 해.

그럼 오늘도 쓸데없는 거 사 먹지 말고 일찍 들어와!

네 압니다, 알아요.

이따가 보자.

툭!

수지씨...

저 불량스러워 보이는 남자는 도대체...?

수지씨!!

뭐야??

요즘 남자친구가 생겼던 거야?

그래서 나만 놔두고 혼자 날씬해지겠다는 거야??

같이 빼야겠단 생각은 안 한다.

뭐야?

뭐야?

우린 부장나라에 가기로 되어 있었는데..?

어떻게 된 거죠? 왜 움직이지 않는 거지?

땅에 떨어진 도너츠

...

260kcal

부장은
슬펐다.

수지씨...

기어코
살을 빼야
속이
시원하겠어?

난 그저
이대로 행복하게
수지씨와 지내고
싶은데...!!

안 먹어요.

부장님
혼자
드세요.

왠지 요즘
단호해졌어!

내가
내미는
음식은
이제
안 통하나
??

꼬흐흐

여태까지처럼
그냥 맛있는 것 먹고
그렇게 살면
안 되는 거야?

그동안 내가
음식만으로
환심을 사려고
했던 게
잘못된 건가..?

..그래.
수지씨도 엄연한
성인인데...

이제 음식으로 어떻게
친해져 볼 상황이 아니다.
다른 방법을 찾아야 돼!

This...
NO!
NO!
NO!

그런데 어떻게??

무엇을..??

...

부장의 속타는
맘도 모른 채 시간은
자꾸만 흘러갔다.

걸어서 출근하기
5일째.

꺄악!
늦었다!!

으아~
오늘은
못 걸어가겠네!

또로로로롱

열차가
들어오고
있습니다.

기분이 안 좋아...

왜?

아침에 30분을 못 걸었더니.... 그냥 기분이 안 좋아요.

몸은 편했는데.. 아침 먹는 시간도 엉망이 되고...

오늘은 식단 일기도 엉망이에요....

우울

점심엔 피곤해서 조금 잤다가 간식 먹고....

하루가 엉망이 돼버렸어요. 자꾸 그런 느낌이 들어요.

수지는 지난 25년간 원래 그렇게 살았던 여자였다.

먹고 싶으면 먹었고 자고 싶으면 잤고...

움직이는 걸 세상에서 제일 싫어했던 수지.

그랬던 수지가 30분을 못 걸어서 우울해 하고 있다.

이 정도는 괜찮아. 내일 더 열심히 하면 돼

휴...

몸보다 마음이 먼저 변하고 있는 것이다.

수지는 자신이 걸어다닌 날을 달력에 형광펜으로 체크해 나가기 시작했다.

오늘까지 걸었으면 5일 연속이었는데...

걸었던 날과 걷지 않았던 날이 한눈에 들어왔다.

이건 뭐야?

우유
오징어 덮밥. 나물
카라멜 두 조각. 아몬드
7:00 선생님 샐러드
한강 수영장 가기

아. 살 빠지면 하고 싶은 걸 적어본 거예요.

수지의 소망은
소박했다.

보통 체격의 사람이라면
너무나 당연히
누리는 것들이었다.

'길거리에서 마음에 드는
싼 티셔츠를 사 입어보고 싶어요.'

'엄마 아빠가 날씬해진 나를
자랑스러워 했으면.'

'민증 사진을 목이 보이는
증명사진으로 바꾸고 싶어요.'

'아파서 병원에 갔을 때,
간호사가 팔의 혈관을 한 번에
찾아줬으면 좋겠어요....'

'회사 유니폼을 입고
만세를 하고 싶어요.
언제나 팔이 끼니까.'

'길에서 뭔가 먹을 때
사람들이 힐끗 힐끗
보지 않았으면 좋겠어요..
정말로 바빠서 먹을 때도
있는데...'

그렇다.
뚱뚱한 사람들은
자기가 뚱뚱하다는 걸
너무나 잘 알고 있다.

누가 꼬집어서
상처를 주지 않더라도
말이다.

찬희는 잠시
마음이 짠해졌다.

내일은 날씨가 좋으니
걸어갈 수 있겠어요!
신난다!

수지는 매일밤
다음 날의 날씨와
온도를 체크하고
내일 걸을 때 입을
옷차림을 미리
옷걸이에
걸어두고 잤다.

날씨
다 봤으면
불끄고 자.

안녕히
주무세요.

그래.

오늘은
걸어서
출근할게요!

그래.
자, 도시락
싸놨다.

이런 날이 계속되면
제 아무리 지방대장이라도
평정심을 유지할 수가 없다.

으...
화난다.
화나!

왠진
모르겠는데
짜증이 나!

니들이 자꾸 다
써버리니까
모이는 게 없잖아!

이 돼지같은
놈들아!

아, 돼지라
좋으니까
했으니.

광

잉여들이라도
잡아와!!

어디 있나, 잉여!

잉여를 잡아라!

단백질을 찾아라!

탄수화물을 찾아라!

우르르르

여기 있나?

벌컥

여기 숨은 건가?

젠장. 일하고 있잖아!

벌컥

여기 있다! 내가 찾았어!!

놀고있던 녀석이야!

와아!

으... 무서운 지방들...

쾅 쾅 쾅 쾅

살려주세요! 지방이 저희들을 잡으러 와요!!

일자리를 주세요!

빨리요!

미안하지만 우리 집은 일할 곳이 없어. 집 꼬라지를 봐...

괜찮아요! 제가 무상으로 가정부 해드릴게요!

앗!

스르릉

내가 1등이다! 1등! 이 집은 끝!

아... 우린 어쩌지?

갈 데가 없어!

194

안녕?

요즘은 잉여들이 별로 없어서 이렇게 일일이 찾아다녀야 하는군.

이 정도라도 건졌으니 다행이야.

으으아아!!

지방으로 만들어주마!

우르르르

휴…

이제 됐어. 그만해도 될 것 같아.

뽀드득 뽀드득

아니에요. 전 근육을 위해 일하는 게 좋은 걸요!

…

우리집이 조금만 더 잘살았다면 전부 구해낼 수 있었을텐데…

미안해…

으아아

질질질

하지만 크게 걱정할 필요는 없었다. 지방들에게 순순히 잡혀가는 영양소는 거의 없었던 것이다.

끌려가던 중에도 기회만 생기면 냅다 도망쳤다.

어? 가정부냐?

네. 우리 집에서 일해준대요

잘 부탁드립니다 헤헤…

잉여색출작전은 그 이후에도 꾸준히 이뤄졌지만 지방으로 변하는 실업자는 한 명도 없었다.

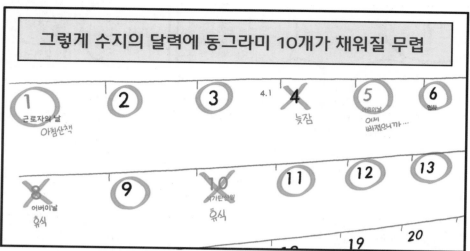

그렇게 수지의 달력에 동그라미 10개가 채워질 무렵

수지는 어쩐지 유니폼 치마가 조금 헐렁해진 것 같은 느낌을 받았다.

체중을 재 보고 싶어졌다.

수지씨. 요즘 피부가 너무 좋아졌다!

정말. 정말. 화장품 바꿨어?

친하게 지내는 동료들이 예뻐진 비결을 물어봐도,

채소랑 과일을 많이 먹고 있어

일찍자고 일찍 일어나고…

30분씩 걷기도 하고

수지는 깍쟁이처럼 당연한 말만 했다.

척
척
척

오늘의아이템

걸어다니는 습관을 들인 수지는 평소에는 느끼지 못했던 것들이 보이기 시작했다.

또로로로롱

츄아

이번 역은 OO입니다. 내리실 문은 ...

우르르

아... 걷고 싶다!

두국 두국

두국 두국

꾹 꾹 꾹

왜..? 저렇게 줄 서서 짜증내고 기다리고 있지?

계단은 안 기다려도 올라갈 수 있는데...

이 계단은 마치 나에게만 보이는 거 같아.

나만의 시크릿 로드야...

에스컬레이터만 타는 사람에겐 안 보이는 거야.

이 계단을 맨 처음에 만든 사람도 사람들 많이 다니라고 이렇게 넓게 만들었겠지...

저라도 매일 이용해 드릴게요.

처음만큼
힘들지는 않다..!

내 몸은 매일
업그레이드 되고
있나봐.

풀쩍

우르르

이히힛...!
내가 더 빨라!
ㅋㅋㅋㅋ
신난당.

이런 재미로
계단을
타는 거군.

하나

둘

셋!

이 시간에 나오면
딱 이때 초록색 불로
바뀌더란 말야.
내 걸음과도 딱 맞고....

왠지 나를 위해
준비된 신호등 같다.
낭만적이야-.

나는 트루먼쇼의
주인공이야~

이제 3층까진 힘들지가 않다..!

생각해보면 계단은 정말 재밌어...

이제 수지는 어지간해선 엘리베이터도 타지 않았다.

그냥 한 발 한 발 내딛을 뿐인데 위로 올라간다 ...

신기하잖아?

업무를 보기 시작하는 수지.

앉은 자세에도 신경을 쓰기 시작한다.

엉덩이를 딱 붙이고.

허리를 펴고.

배엔 항상 힘을 준다.

수...수지씨는 참 자신감이 있어보여 좋네요.

정말요? 고맙습니다, 고객님.

자세를 바르게 했을 뿐인데...

쉬는 시간엔 열심히 스트레칭도 한다.

영차 영차 꼬으차

요즘은 목이 자주 마르네...
이제 조그만 물통으론
성이 안 찬다...!

방법이
없을까?

수지. 요즘 물을
자주 마시는구나.
물은 일일이 적지
않아도 돼.

그래요?!

핫

그렇다면야!!

두다닥

수지는 2리터짜리
물통을 갖고 다니기
시작했다.

걷기에 탄력이 붙은
수지의 출근길 차림은
점점 걷기에
최적화되고 있었다.

꾸미는 건
날씬해지면
하자!

화장은
선크림+
립글로즈만.

2리터
생수.

MP3

식량이 든
백팩.

런닝화.

척 척 척

더 더워지면
썬캡도
써야지!

새빛운행

수지가 뭔가를
마시고 있어!

그래?!
음료수인가!

얘들아.
받을
준비를
해라!

짜앙

난 뭔가
마신다고만
했어!!

ㅋㅋㅋ

거기 서지
못해!

우르르르~

수지자식!!
요즘은 왜
물만 잔뜩
처마시는거야!

으으!
화난다.
화나~

지방나라를
만드는데
애로사항이
꽃피고 있어!

먹어!
살찌는 걸
먹어줘!

대장! 그만
움직입시다!
요즘 자주
움직였더니
힘들어요!

맞아요!
제 시간에
또 돈이
들어올 텐데!

그깟 신입 좀
안 받으면
어떻습니까?

요즘의 대장은 이상하다니까!

맞아! 괜히 움직여서 힘이나 빼고!

궁시렁 궁시렁

회식도 안 시켜주고!

목욕도 안 시켜주고!

너희들...!

아니야...!

이상해진 건 네놈들이다 ...!!

수지! 모든 생활습관은 <놀이>라고 생각해라.

좋아!

하루에 물 1리터 이상 마시기 놀이!

START

쭈욱

하루에 1리터를 마시지 못하면 난 죽는다!

생명의 물이야!

티비 보면서
스트레칭
하기 놀이!!

짜욱
짜욱

수지는 늘
몸을 기대던
빈백을
치워버렸다.

사이클도 좀
탈까...?

흐아

빈백
최고야
...

어느덧 수지는 찬희와 합숙한 지 45일째가 되어가고 있었다.

오늘은 내심
기다리고 있던
중간점검 시간.

수지는 조금
긴장했지만
지난번처럼
겁이 나지는
않았다.

몸이 이전보다
가뿐하게 느껴졌기
때문이다.

식단도 썼고
물도 많이
마셨다.

튀긴 것과
단 음료수는
끊었다.

짠것, 단것, 밀가루는
갑자기 완전히
끊을 수는 없었지만
최대한 적게 먹으려고
노력했다.

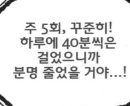

주 5회, 꾸준히!
하루에 40분씩은
걸었으니까
분명 줄었을 거야...!

하나 걱정되는 것은..
몸을 움직여서 그런지
점심과 저녁은 항상
배부르게 먹었는데...

그 점이 조금
걱정이 된다.

그렇지만
1kg이라도
줄었을 거야.

유니폼
치마가 약간
헐렁해졌으니까
...!

삑

건강한 다이어트
45일째.

수지는
울었다.

......
......

수지의 체중이 워낙
많이 나갔기 때문에
처음엔 쑥쑥 빠지는
법이다.

어떻게 보면
당연한 결과다.

하지만 중요한 건
수지 스스로
이루어낸
변화였다는
점이다.

다이어트 기간 동안
식사량을 크게 줄이지
않았다는 점도
중요했다.

변화는 단순히 체중계의
숫자뿐만이 아니었다.

허리사이즈는
2인치나 줄었다.
38→36!!

허벅지는
1센티미터가
줄었다.

팔과 종아리는
아직 거의
변화가 없었다.

복부지방이
많이 빠진 것 같군.
잘했어!

이제
헬스장에
갈 수 있나요?

일주일만 더
체력을 기르고 가자.

우웅... 이제
시작해도 될 것
같은데요...
운동...
빵도 먹고 싶고
......

기쁜 마음은
이해하지만
너무 들떠있지는 마.
남들이 보기엔
92kg 여성이나
84kg 여성이나
뚱뚱한 사람인 건
마찬가지다.

으흡... 네!
알겠습니다.

찬희는 수지를
제법 잘
다루고 있었다.

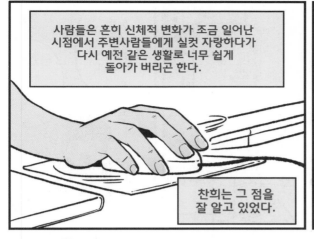

사람들은 흔히 신체적 변화가 조금 일어난 시점에서 주변사람들에게 실컷 자랑하다가 다시 예전 같은 생활로 너무 쉽게 돌아가 버리곤 한다.

찬희는 그 점을 잘 알고 있었다.

수지의 성과는 분명 칭찬해줘야 할 일이었지만 찬희는 의도적으로 칭찬을 아끼고 두 번째로 찍은 전신 사진을 보여줬다.

...

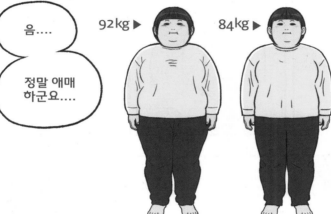

음....

정말 애매 하군요....

92kg ▶

84kg ▶

아직까지 큰 변화는 없다.

그래도 요즘은 예전보다 체력이 좋아진 것 같아요. 계단 걷기도 처음만큼 죽을 것 같지도 않고, 걷는 것도 재밌어요. 발목도 덜 아프고요.

그래도 수지는 좋았다.

힐이나 단화를 신고 싶은 날엔 가방에 넣고 다니고, 운동화로 걸어다니니까 발도 편하고...

아!! 글구 회사 직원들이 피부가 엄청 좋아졌다고 칭찬해줘요. 야채랑 과일을 많이 먹어서 그런가봐요.

조잘 조잘 조잘

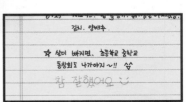

김치. 양배추.

☆ 살이 빠지면, 초등학교 중학교 동창회도 나가야지 ~!! ♪

참 잘했어요 ♡

오늘의
도시락은...

현미밥과 참치,
시금치로 만든
주먹밥.

오렌지
쥬스.

과일.

수지보다
1시간 빠른
찬희의 아침.

먹기
편하게.
만들기는
더 편하게...

터지거나
새는 건
웬만하면
넣지 말자.

도시락 싸기도
점점 능숙해져
간다.

우아!! 늦게
일어났다!!!

45분 지하철을
타야 해요!

도시락!
도시락!

나이스
캐치!

ㅋㅋ

무슨 일이 있어도 아침 도시락은 꼭 싸서 들려보냈다.

그 외에도 찬희가 할 일은 많았다.

설거지.

쏴아아

덜걱 덜걱

청소.

윙어어이이잉

빨래.

팡

팡

찬희는 수지가 규칙적인 식사와 운동 말고는
다른 것에 신경쓰게 하고 싶지 않았다.

그리고 가장 중요한 거.

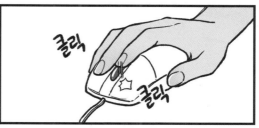

클릭

클릭

수지

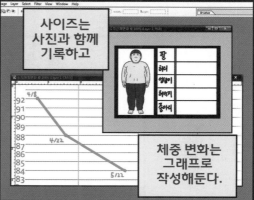

사이즈는 사진과 함께 기록하고

체중 변화는 그래프로 작성해둔다.

자료는 많을수록 좋다...

좋아...
신수지.

이렇게 쭉쭉
감량하는 거다.

청소, 빨래 따위는
얼마든지 해주지!

크하하
하하하
하하하
하하하
하하하
!!!!

그리고 난
최고의
트레이너가
되는거야.

그럼 장을 보러
갔다와야겠군.

양상추가
다 떨어졌네
...

치커리도
...

한편, 생활운동의
효과를 톡톡히 보고있는
수지는 걷는 게 즐거워지기
시작했다.

안녕 우체통?

안녕 비둘기? ㅋㅋ

안녕 부장님? ㅋㅋ

헐!! 부장님??!!

수지씨 안~~ 녕?

부장님..!!! 안 먹어요!

아니, 수지씨! 날 어떻게 보고 하는 소리야?

평양감사도 저 좋아야 하지!

나도 싫다는 사람한테는 이제 억지로 안 먹이기로 했어!

...

그리고 나도 생각을 바꿨어. 수지씨가 이렇게 열심히 살을 빼려고 하는데 내가 방해할 수는 없지...!

그래서 나도 이런저런 준비를 하고 있다고.

수지는 의심스러웠다.

무슨 준비를요?

물론 운동을 시작하려 하고 있지!!

그래야 수지씨랑 공통점이 생겨 친해지니까!!

자, 오늘은 보라고,

안엔 땀복도 입었어. 어제 샀지!

이것 봐.

!

...부장님.....
이 땀복.......
너무 꽉
끼는 거 같은...
위험해
보이는데요....
목이.

괜찮아, 괜찮아.
땀복은 원래
타이트하게
입는 거라고.

난 정말.... 괜찮아...

꼬오오····

목이
졸린 채
출근하던
부장.

부장님!!!!!

푸하!!!

샤각

수지를 만난 게
다행이었다.

허억
허억
허억
허억
허억
허억

고마워 수지씨.
정말 생명의
은인이야.
운동하다가
죽을 뻔했어.

···

학
학

역시
운동은
쉬운 일이
아니군
....!!

그럼 전 먼저
가볼게요.
출근시간이
거의 다 돼서..

잠깐!

?

조심
조심

수지씨는
내 생명의 은인이니
꼭 보답하고 싶어.

자, 이걸 주지.

?

수지씨, 정말 고마워.

역시 날 생각해주는 건 수지씨뿐이야.

다른 직원들 같았으면 목 졸리는 나를 핸드폰 카메라로 찍으며 낄낄 웃었겠지.

사진 제목은 <purple_face.jpg>...

그리고 그 사진을 트위터에 올려서 그게 퍼지면서 나는 우울해서 결혼도 못하고....

아, 이야기가 딴데로 샜군 그래. 어쨌든 이거 받아.

마침 목이 마른 참이었지?

쭉 마시라구!

부장이 내민 것은 다름 아닌 마시는 플레인 요구르트였다.

부장님..... 전 가져온 물이 있다구요.

그리고 또 살찌는 걸 먹이시려고!

아냐, 수지씨. 뭔가 오해를 하고 있어.

이건 내가 먹으려고 싸 온 거야.

요구르트는 몸에 좋잖아?

요즘 매일 마시고 있는데 굉장히 몸이 좋아진 거 같더라구.

피부도 좋아졌어. 여기 봐봐 정말이야.

맨질맨질 하잖아?

불쑥

기름종이가 흡수를 좀 덜했을 뿐이었다.

고마워서 주는 거야, 정말이야.. 칼로리도 별로 안높아.

보라구. 100칼로리.

어? 그러네?

이제 수지씨한테 순살 드립 같은 거짓말은 안 할 거야.

나도 수지씨가 다이어트하는 데 어디까지나 도움이 되고 싶다구.

...

...

으.........
솔직히 배고프긴 하다.

아침을 먹었는데도 30분 걸었더니 벌써 뱃속이 텅 비었어..

요즘들어 정말 자주 허기지는 것 같아.

이걸 마시면...
더 열심히 걸어갈 수 있을 거야.
게다가 겨우 100kcal밖에 안 된다니까...

30분이나 걸었으니 이 정도는 충분히 소비할 수 있겠지.

찌익

걸었던 게 도루묵이 된다 해도 체력 기르기엔 도움이 되니까 괜찮잖아??

살찔 것 같으면 딱 한 모금만 먹고 버려야겠어.

꼴깍

...

맛있다.

아니...
이건 그냥
맛있는 정도가
아니야...

....세상에.

이렇게 맛있는 게 세상에 있었나??

그동안 짜게 먹지 않았더니,
진짜 이 요구르트의 참맛이 느껴진다..!!

그렇다.

오랫동안 다이어트를 위한
싱거운 식단을 지속해오면
미각이 점점 예민해져
군것질의 참맛을 오롯이
느낄 수 있는 것이다.

훈장님 몰래 벽장 안의 조청을 훔쳐먹을 때의 그 단맛!

어릴 때 부모님이 사주셨던 솜사탕의 그 단맛!

생애 처음 초콜렛을 맛보았던 아이가 느낀 그 단맛!

수지는 지금 바로 그런 단맛을 느끼고 있었다!

최고의 트레이너가 되면 뭘 할까?

그래, 네온비 관장의 헬스장을 사버리자!

그리고 관장은 청소를 시킬 거야!! ㅋㅋㅋㅋㅋ

띵동

?

이 시간에 뭘 사먹는 거지??

[체크카드] 신수 지님

1,300원 편의점 사용

방금 뭘 샀지?

요구르트요.

쾌변 요구르트 같은 건가?

알았어.

한번 단맛을 본 수지는 아침 저녁으로 그 제품을 사먹고 다녔다.

맛있는 플레인 요구르트

식단일기엔 계속 요구르트, 요구르트라고 적히기 시작했다.

3일 후

너, 요즘 요구르트를 갑자기 왜 이렇게 많이 먹는 거냐?

혹시 변비야? 변비가 올 리가 없는데..!

아, 그거 말이에요.

요즘 이걸 매일 챙겨먹거든요.

!

선생님도 하나 드실래요?

맛있고 포만감도 들고, 칼로리도 낮고...

100 kcal밖에 안 돼요.

멍청아! 100은 1회 제공량이야. 똑바로 보라고.

1회 제공량 1컵 (100 mL) / 총 약 3회 제공량 (310 mL)

제공량당 함량 : 열량 100 kcal, 탄수화물 14 g(4 %), 지방 3 g(6 %), 포화지방 2 g(13 %), 트랜스지방 나트륨 60 mg(3 %), 칼슘 110 mg(16 %) *%영양소 기준치

100ml당 100 kcal인데 이건 310ml 잖아??

그것은 치명적인 착각이었다.

네?

업체 편의에 따라 제멋대로 책정되는 1회 제공량의 영양표시를 그 제품의 전체 칼로리로 이해한 것이다.

네?

수지가 마신 음료는 100ml에 100kcal라고 표시되어 있지만 전체 용량은 310ml.

100이 아니었다.

네?

310이었다.

수지는 하루에 대략 620kcal를 더 섭취하고 있었던 것이었다.

음료수로만!

사실 부장 입장에선 칼로리를 확인하는 행위 자체만으로도 대단한 일이었을 것이다.

이게 좀 낮군

하지만 그것만으로는 부족하다.

빵 200kcal

이만큼만 200이란 이야기다.

과자 150kcal

이만큼만 150이란 이야기다.

주의깊게 보지 않으면 속는 게 당연하다.

속인 사람은 없지만 속은 사람은 있는 것이다.

이거 먹어봐. 진짜 맛있어~~.

게다가 100 kcal 밖에 안돼. 멋지지?

물론 딱 한입만 먹어야 100이야.

그런 건 상식이잖아?

요구르트 까서 세 번씩 나눠먹는 게 상식이냐..!!

스르륵

네놈들은 최소한의 상도의도 없는 거냐..!!

꼬ㄹㅇ르릉...

으아아 아아아 아아아!!

벌떡

어, 어디 가는 거야? 갑자기!!

쿵 쿵 쿵

부장..!! 그래. 부장놈이 문제다!!

쿵 쿵 쿵 쿵 쿵

기다려봐! 갑자기 이러는 건 휴식에 좋지 않아!

저의 운동과 다이어트를 항상 무용지물로 만드는 부장!!! 용서 못 해요!!!!!

221

너 부장 집이 어딘지나 알아? 어디로 가는 거야!

몰라요!!

걷고 있으면 항상 뒤에서 나타나니까 이제 조금만 더 걸으면 나타나겠죠!

…

신수지! 너 좀 힘들지 않아?

뭐가요!!!

…수지야. 너 벌써 지하철 두 정거장이나 걸었어.

네?

쭉 빠른 걸음으로 걸었다구!

계단도 왔다갔다 하면서!

내가 벌써 두 정거장이나 걸어왔다고?

…

…

신수지. 부장에 대한 복수는, 네가 날씬해지는 거야.

내일부턴 헬스장에 간다.

10. 식단일기 작성법 예시

〈다이어터〉에서 강조하는 다이어트 원칙은 객관적으로, 규칙적으로, 건강한 방법으로 입니다.
수지가 처음에 다이어트에 실패한 원인은 자신이 얼마나, 어떤 음식을 먹는지 인식하지 못하고
막연하게 다이어트를 시작했기 때문입니다. 식단일기는 자신이 어떤 생활을 하는지 객관적으로
보여주고, 이를 구체화합니다. 열량을 세세히 적지 않더라도 무엇을 먹고, 어떻게 생활하는지
구체화하면 많은 분이 놀라리라 믿습니다. 아래는 식단 일기 샘플입니다. www.neonb.net에 가시면
빈 노트를 내려받을 수 있습니다. 한번 출력해서 사용해보시면 어떨까요?

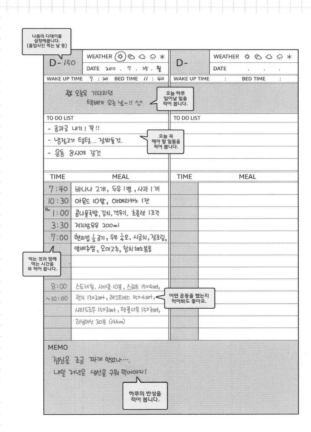

오늘은 헬스장에 가는 날.

신난다~~!

빨리 챙겨서 나와.

지난번에 산 새 러닝화는 챙겼어?

당연하죠!

위잉

그런데 굳이 돈 내고 헬스장에 꼭 다닐 필요가 있나요?

걷기만 해도 살이 쭉쭉 잘 빠지는 거 같은데요...

뭐...장소가 어디가 됐든 꾸준히 운동 할 수 있다면 살은 빠지겠지.

하지만 집이나 공원 운동장 등에서 할 수 있는 운동은 한계가 있어.

아파트에서 운동을 할 경우는 운동을 하다가 본의 아니게 아랫집에 쿵쿵거리며 피해를 줄 수 있다.

또한 집에서는 놀 거리가 많아. 운동하자고 마음먹더라도 인터넷에 재미있는 건수가 뜨면 그걸 본다고 흐지부지 된단 말이야.

그리고 실외운동은 날씨의 영향을 많이 받게 돼. 날씨 핑계로 하루 이틀 안 나가다 보면 생활리듬이 깨진다.

쉬었다가 다시 운동을 시작하는 건 처음 운동을 시작할 때 보다 훨씬 더 많은 의지력이 필요해.

의지력은 마음먹기에 따라 무한정 생기는 게 아니야. 지갑의 돈처럼 소모되는 거다.

땅

매일 가는 헬스장이 있다면 습관적으로 운동할수 있는 동기가 되지. 억지로 빈 지갑을 쥐어짤낼 필요가 없단 말이야.

운동하기 좋은 헬스장은 어떤 헬스장이라고 생각하냐.

새로 지은 곳?

멋있는 트레이너가 있는 곳?

최신식 기구가 있는 곳?

대부분 기구가 많고 깨끗하면 된다고 생각하지.

하지만 그게 그렇게 단순하지만은 않다.

유산소!

이 세 가지가 골고루 구성돼 있어야 한다.

또한 적절한 크기의 빈 공간도 있어야 해.

머신!

기구가 너무 없어도 문제가 되지만 빽빽이 들어찬 곳은 더 문제가 된다.

운동은 서서 하는 게 전부가 아니니까.

어이쿠. 죄송합니다.

어디에 누워도 사람들이 지나는 통로라면 곤란하겠지.

프리 웨이트!

그리고 트레이너.

이렇게 하시면 살 절대 못 뺍니다!

...

더 열심히 하세요!

복근운동은 매일 하고 있습니까?

잔인한 말일지도 모르지만 몸이 좋지 않은 트레이너는 신뢰가 가지 않는다!

10번 남았습니다!

힘내세요!

뱃살이 이렇게 될 때까지 뭐했습니까!

똑같은 내용을 가르치더라도 어쩐지 의구심이 들고 불신감이 싹트게 되지.

결국 운동패턴이나 헬스장 라이프에 영향을 끼치게 돼.

저 사람 믿어도 될까?

허억 허억 허억

이건 외모 지상주의와는 구분이 돼야 하는 거야.

만화가는 만화를 재미있게 그려야 하고 트레이너는 좋은 몸으로 신뢰를 줘야 한다.

그리고 친절도와 의욕이 있는가도 중요하지.

그러니까 되도록 한번에 장기간 끊지 마라.

우선 한 달만요.

1년 끊으면 더 싼데...

마음에 들면 그때 연장하는 거야.

하지만 넌 내가 직접 트레이닝 시킬테니까 상관없지.

...

길게 얘기했지만 사실 가장 중요한 건 거리다!

무조건!

무조건!

무조건 가까운 곳이어야 한다.

시설이나 트레이너가 아무리 좋아도 멀리있으면 소용 없어.

네가 집에서 똥을 싸고 싶은데 변기가 막혔어.

좀 싸겠습다!

!

그럼 당장이라도 뛰어가서 쌀 수 있을 정도의 가까운 거리면 최고지!

가끔 운동이 너무 하기 싫은 날도 있을 것이다.

선생님...

??

오늘은 피곤하고... 시간도 없고...

내일 가면...

가기 싫은데...

뭐야?

뭐라는 거야?

너 바보냐? 돈 냈잖아?

헬스장이 코 앞인데 안 간다구?

철썩

철썩

철썩

아...

너 부자냐?

어떻게든 집 밖을 나오면 운동 할 수 있다.

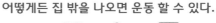

하지만 헬스장이 멀면 딴 길로 샐 가능성이 커!

가!

쿠헤헤헤헤

작가도 그랬다.

운동은 내일부터!

아아... 그렇군요.

그렇다면 그 모든 조건을 갖춘 곳은...

...

그래....

여기뿐이지.

...여기는......

거..걱정마.
사소한
트러블이
있긴 했지만
...

관장님은
사실 날
좋아해.

하지만.....

그 새끼 화나면
진짜 무서운데...

그... 관장님이 오해를
좀 하고 있을 수도 있으니까
네가 잘 좀 말해줘...
여기선 네 역할이 중요해.
알겠지! 신수지!!!

아.. 알겠습니다.

그래!!!
좋아!!

우와아

저곳에서
이제부터
시작이야!!!!

이런 뻔뻔한
자식을 봤나.

여기가 어디라고
기어들어와!

꺼지지
못해!!

수지가 변명할
찰나의 틈도 없었다.

크윽...
죄송합니다.

소용없어
!!

그게....

오해입니다.
제가 잘못했습니다.

소용없어
!!

저........

죄송해요.

소용없어
!!

우와-
지독한 놈들..

네온비 관장은 찬희가 땅에 발목까지 묻힌 다음에야
수지의 설명을 듣고 간신히 화를 풀었다.

그러셨군요.

저는
서찬희놈과
잠시 할 얘기가
있으니 기다려
주시겠습니까?

가볍게
스트레칭하시고,
사이클이나
러닝머신 걷기라도
하고 계세요.

샤워 시설
보고 계셔도
되구요.

229

...

기웃

두리번

두리번

기웃

기웃

삑

삑

딱 보니까
3일 나오고
안 나오겠군
...

한 일주일
나오려나
...

좋아!
운동 최고
!!!

팍

팍

팍

재미있다!
재미있어!

팍

팍

헉

팍

팍

헉헉

재미
없어...

그래... 오늘은
첫날 이니까
덜덜이나 하자!

그리고 안에
꽉 끼는 옷을
입고 왔더니
힘들어....

수지는
헬스장에서
너무 뚱뚱해
보일까봐
다이어트용
이너웨어를
착용하고
나온것이다.

답답하긴 하지만
뭔가 더
효과가 있겠지
...??

으으으으♯

오늘은
워밍업이야....
워밍업.

으아~~ 편하다!
모든 기구가 이렇게
저절로 운동
시켜줬으면...

덜덜 덜덜 덜덜 덜덜

덜 덜 덜 덜 덜 덜 덜

잠시 후, 수지는
이상한 기분을
느꼈다.

갑자기
골이 띵하고
귀가 먹먹해지고,
속이 메스꺼웠다.

무서워진 수지는
급하게 기구를 껐다.

허....

두근

왜 이러지
...??

두근 두근 두근 두근 두근 두근 두근 두근

심장이 미칠듯이 뛴다.

어지러워.

토할 것 같아.

울렁

울렁

아무 소리도 안 들려...

코치님!

여기 사람이 쓰러졌어요!

!!

...

...

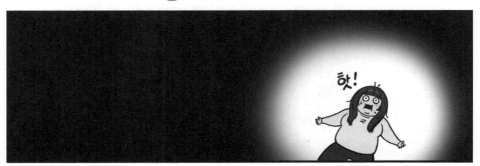

핫!

멍청아!!
이렇게 꽉 끼는 옷을
입고 있으면 어떡해!!!

헉....!

아아, 걱정마세요.
다른 여자 회원분께서
벗겨드린 겁니다.

운동할 때는
편한 옷을
입어야 돼요.

호흡이
곤란할 정도로
꽉 끼는 옷은 절대
금물입니다.

수지씨는 아직
많이 비만이시니까....
절대로 꽉 끼는 옷을
입지 마세요.

오늘처럼
쓰러질 수
있어요.

운동은
건강하려고
하는 거지
죽으려고
하는 게
아니니까요.

빨리 살 빼고
싶으신 마음은
이해하지만...

...

으흐흐...

뭐야.
너 우냐?

수지는
창피했다.

그렇다. 운동복은 그냥
통풍이 잘 되고 편한 게
최고인 것이다.

앞으로 수지가
헬스장에서 입을
운동복

그것만으로도
충분하다.

수지는 모르는 찬희와 네온비관장의 대화.

비품실

퍽 퍽 퍽

이 자식!

염치도 없는 자식!

빈대 같은 자식!

퍽 퍽 퍽

...관장님....! 관장님도 늙으셨나봐요.

뭐?

무슨 소리야!

왜 이렇게 약해지신 거죠?

아아아아

때리는 게 하나도 안 아파요..!

관장님! 왜 이렇게 나이 드신 거예요!!

흑흑.

....

....

이게 어디서 개수작이야. 그럼 덜 혼날 줄 알았냐.

그럼 먹어라, 약해진 펀치!!!

너 헬스장 돈통에 있던 돈은 다 어떡할 거야?

어쨌어?

응?

퍽 퍽 퍽

돈을 어떻게 할 것 같습니까!

썼지요!

...

네온비 관장은 어이가 없었다.

너. 저 아가씨의 살을 빼주기로 한 거지?

!!

그 대가로 그 집에서 빌붙고 있는 거지?

전에 왔을 때보다 살이 조금 빠진 것 같더군. 눈대중으로 봐서는 7~8kg?

고도비만 이었으니 초반엔 빨리 빠졌을테고.

그래, 살을 빼 주는 대신 네가 얻는 건 뭐지?

살을 빼주고 입소문을 타서 트레이너라도 되겠다는 거냐?

아니에요... 그저 순수하게 살을 빼고 싶어서 ....

그런 의미로 헬스비를 좀..

어떻게 알았지??

네가 내라.

네?

수지씨에게는 너한테 사기당한 대신 무료로 이용하라고 할 거야.

하지만 수지씨의 헬스 비용은 서찬희 네가 내는 거지.

아, 그리고 넌 말이야. 헬스장 돈통에 있던 돈이랑 신수지씨한테 사기쳐서 내가 합의해줬던 돈,

그것도 장부에 적어뒀으니 다 갚아야 해.

자, 이것 봐라~

크윽 .....

합의금 300만
돈통 15만 3천
600원
합 315만3600원

3개월
1051200
6개월
525600

쓸데없이 꼼꼼하고
지랄이야...

하지만 네가
이 많은 빚을
깔끔하게 청산하는
방법이 있다.

신수지씨의 살을 건강하게
빼주면 정식 트레이너
시켜줄게. 좋지?

정말요?

훙! 나의 야망은
이 건물을 사고
너한텐 청소를
시키는 거다!

...하지만
지금 당장은
헬스비를
갖다 바치려니까
속이 쓰려...!

내가 왜
신수지 녀석의
헬스 등록비까지
내줘야
하는 거야...

하지만... 괜찮아!
수지가 살만 빠진다면..
그깟 헬스비...
수지가 열심히 운동만
한다면 모든 게
해결되니까!!!...

저... 운동
안 가면
안 돼요..?

이
쓰레기야!!
!!!!!!!!

버럭

운동 하고
싶다며!!

헬스장 등록
첫날부터
빠지겠다는
소리가 나와!?

??

그냥... 내일부턴
진짜 열심히 할게요!
오늘은 좀...
그냥 쉬고 싶고..
티비도 지금
재밌는 거 나온단
말이에요....

찬희는 부아가 치밀었다.

헬스장 비용이 아깝지 않나보지? 한달 금액을 하루로 나눴을 때 하루를 안가면 넌 밥값으로 쓸 수 있는 몇천 원을 그냥 날려버리는 거야. 땅에 버리는 거라고!

모르는 사람한테 매일 몇천 원씩 줘야 한다면 아까워할 거지?

그러면서 헬스장 빠져서 그 정도 금액은 그냥 날려버려도 상관 없냐?!!!

현금인출기 수수료 천 원은 아까워 뒤지면서!!

으아아 아아

너의 열정은 왜 이렇게 금방 꺼지는 거야?

이 싸구려 폭죽 같은 놈아!!

크윽..... 알았어요.

갈게요, 갈게요.

쩌엉 쩌엉

아, 근데 관장님이 저는 돈 안 내고 해도 된다고 했었는데요?

예를 들자면 그렇다는 거야! 예를 들면!!

??

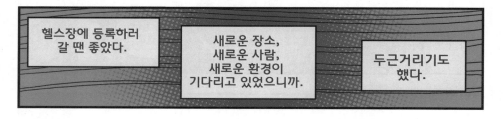

헬스장에 등록하러 갈 땐 좋았다.

새로운 장소, 새로운 사람, 새로운 환경이 기다리고 있었으니까.

두근거리기도 했다.

늘 그렇게 설레는 마음으로 헬스장에 갈 수 있다면 얼마나 좋겠냐만은..

아이 러브 헬스장♡

아하하하 천천히가!

맨날 똑같은 곳에 가는데 즐거울 리가 없는 것이다.

가라! 가!

걷는 것은 재미있다.

볼 것도 많고 장소가 계속 바뀌니까.

하지만 헬스장은 다르다.

특정한 공간에서 반복하는 운동을 해야하는 것이다.

수지는 걷기를 좋아하긴 했지만 곧바로 헬스장까지 좋아질 순 없었다.

본격적인 운동을 시작하기에 앞서 체성분 검사를 실시했다.

양말을 벗어야지.

아!

대중적으로 많이 쓰이는 '인바디' 라는 용어로 통일하겠습니다.

인바디는 몸속을 분석해주는 기계야.

체중계는 네 무게만 알려주지만 인바디는 네 몸속 체지방, 근육량, 체수분, 사이즈 등을 분석해 준다.

인바디는 헬스장 뿐만 아니라 보건소에서도 무료로 측정할 수 있습니다. 안 해주는데도 있으니 가기 전에 전화를 해보세요.

!!

대장님!! 저게 뭐죠???

??

??

펄럭

펄럭

우악! 저게 뭐야? 징그러운 눈깔!!

뭐지?

뭐야?

 — 몸속의 체성분을 조사하는 막중한 임무를 맡은 인바디 조사원.

으윽...
가까이 다가갈 수가 없군.

불쾌하다
!!!

그냥 대충
멀리서 보고
돌아가야 겠다.

에잇 에잇

꺼져버려!

인바디는 측정원리의
구조적인 한계로 인해
어느 정도의 오차가
발생할 수 있습니다.

기계도
여러 가지고,
측정하는
방식에 따라
여러 가지
버전이 있습니다.
각각 다르게
나와요.

늘 같은 조건에서 같은 기계로
일정한 시간에 측정하면
오차를 줄일 수 있습니다.

징징

웅웅

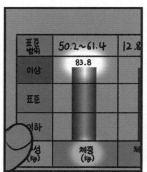

표준 범위	50.2~61.4	12.8
이상	83.8	
표준		
이하		
성 (kg)	체중 (kg)	체

와아...!
또 줄었어요!

0.2키로..

좋아할 필요 없어.
응가를 많이 누면 이 정도는
왔다갔다 해. 오늘 화장실
갔어? 안 갔어?

갔어요...

이 체지방
비율 좀 봐.
41%나 되잖아...

넌 뚱뚱해.
비만이라고!

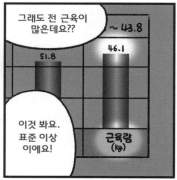

그래도 전 근육이
많은데요??

~43.8

51.8

46.1

이것 봐요.
표준 이상
이에요!

근육량
(kg)

240

기초대사량도 생각보다 높구요.

근력운동은 할 필요가 없겠어요.

뚱뚱한 사람이 인바디를 처음 쟀을 때 가장 많이 착각할 수 있는 부분이다.

슬렁···

슬렁···

뭐? 근육이 많다고?

정말?

이 나라에 근육이 많았어??

그러게?

숨어 있었나?

어쨌든 이제 더이상 지방들 눈치 볼 필요가 없잖아요?

힘을 모읍시다!

그럽시다!

이대론 못살겠다!

물러나라! 물러나라!

지방대장 끌어내자!!

얘.얘야. 넌 가면 안 돼.

아버지! 이건 역사적인 혁명이에요!

당연히 참가해야죠!

걱정 마세요!

근육들이 이렇게 많잖아요?

…

하지만 지방이 압도적으로 더 많았다.

안 그래도 짜증 났는데 잘됐다!

이놈의 근육들 때려줘라!!

자, 네 인바디 결과를 보면 이런 모양을 그리고 있지.

체중 근육 지방

보통 사람은 이런 모양을 그린다.

체중 근육 지방

마른 사람은 이런 형태가 나오지.

체중 근육 지방

어때?

음... 모양이 다 비슷하네요.

그래. 넌 근육이 많은 체형이 아냐. 이런 패턴은 근육형 체형이라고 절대 얘기할 수 없어.

근육형 패턴은 보통 이런모양이다.

체중 근육 지방

그럼 저는 그냥.. 보통사람의 몸속 패턴이랑 비슷한데 지방도 체중도 근육도 많은 거군요.... 그냥 다 많은 거네요. 부자네요.

그래. 특히 지방부자.

지방은 아직도 많이 남아있다. 생활운동 좀 했다고 우쭐 하지마!

너는 이제서야 살을 빼기 위한 스타트 라인에 선 거야!

머리를 묶어라. 운동할 때 치렁치렁한 머리는 방해가 돼.

에헤헤... 머리끈을 안 가져와서...

그럴 줄 알았지.

주섬 주섬

다음부터 챙겨.

...

머뭇

머뭇

뭐해?

그게.... 머리를 땡겨 묶으면 얼굴이 커 보인단 말에요......

....

뭐래는 거야. 닥치고 묶지 못해!!!!

끼야아아악

니 얼굴이 크든 작든 아무도 신경 안 써!!!

......

훨씬 보기 좋군.

운동 전 스트레칭 타임.

스트레칭은 부상의 위험을 줄여준다.

아직은 몸이 많이 굳어서 그래.

으윽.

뚝 우둑 뚝 우둑

곧 괜찮아 질 거야.

내일부터
꼭 신으세요.

.....네.

....

부장님!! 여긴
웬일이세요??
이 먼데까지......

괜찮아!
버스 타고 30분 밖에
안 걸리더군.

게다가
끊는 김에
1년이나
끊었징 ㅋㅋ

찬희는 굳이
수지의 설명이
없어도 부장이
대충 어떤
사람인지
알 수 있었다.

수지씨...
근데
저 사람은
누구야?

아, 저의
트레이너
선생님
이에요.

흥!! 트레이너
좋아하네! 딱보니
빌붙는 양아치
스타일이야!!

보는 눈은
정확하시군요.

사실 빌붙는 건
맞았다.

수지야.
그런데
있지말고
이쪽으로
와.

사이클인가요?

그런데??!

그래. 일단
헬스장에 오면
사이클부터
앉아.

지금은 일단
헬스장에
익숙해지는 게
중요하니까
나머지
근력운동은
천천히
알려줄 거다.

오늘은
사이클과
러닝머신
이용법을
배운다.

우선은
빠르게
걷기부터!

247

아니, 이 양반 좀 보게?? 뛰어야지!! 뛰어야지!!

그 정도로 해서 수지씨 살이 빠지겠어??

내가 가르쳐주는 게 낫겠네!

줄넘기나, 뛰는 게 최고지!!

지금의 수지는 그렇게 하면 발목이 다 나갑니다.

조금 더 체중을 줄인 뒤에 뛰어야 돼요.

수업해야하니 딴 데 가서 운동하시죠.

아니 그래도 그렇지! 당신 정식 트레이너 맞아?

자격증 있어??

.....

?

관장님....

이 사람 좀....

어떻게 해주세요..!

248

제가 봐드리겠습니다. 인바디부터 재시죠.

그대로 움직이지 마시고..

어. 인바디 용지가 떨어졌군요.

여기서 잠시만 기다리고 계세요.

금방 오겠습니다.

우욱..... 그런 거 필요 없는데...!! 내 바디는 아무 이상이 없어..!!

...

부장인지 뭔지, 귀찮은 사람이군.

맞아요...

어쨌든 사이클은 무겁게 탈 필요 없어.

대신 빠르게, 땀나게 타면 된다.

너무 천천히 타면 운동이 안 돼.

치열하게 전투적으로 타라.

어차피 같은 시간을 투자하는 거라면 최대한 열심히 해라. 목적도 의미도 없이 흐느적거리지 말고.

나무늘보처럼 휘적휘적 거리며 핸드폰이나 계속 만지작거리고 게임하고, 그렇게는 안 된다는 거야.

핸드폰으로 드라마나 영화를 보는 짓도 웬만해선 하지마라. 영상의 템포가 느려지면 자기도 모르게 발까지 느려진다.

핸드폰으로 영화 보기에 집중하는 김부장.

발도 멈췄다.

새빛은행

...

히히덕

히히덕

재미가 없군...

네. 여기 큰 헬스장 인데요.

일회용 종이컵 3박스랑 A4용지 두 묶음 갖다 주세요.

네,네.

그래... 오늘은 첫날이니까 덜덜이나 하자!

주섬 주섬

오늘은 워밍업이야. 워밍업...

그리고 안에 꽉 끼는 속옷을 입고 왔더니 힘들구만..

답답하긴 하지만 뭔가 더 효과가 있겠지?

코치님!

좀 나와 보셔야 겠는데요!!

?!

...

사이클은 헬스장에 처음 등록하면 보통 제일 먼저 배우게 되는 기구입니다.

운동의 시작을 알리는 기구지만 사이클만 타다가 지겨워서 그만두는 분들도 있지요.

사이클은 관절에 무리가 가지 않아 헬스장에 처음 오신 분들에게 제일 먼저 추천하는 운동이지만

런닝머신과는 달리 강제로 움직이는 게 아니기 때문에 자칫 시간만 낭비하게 될 수도 있어요.

아무리 운동하기 싫더라도 처음 5분만 열심히 밟으세요. 남은 운동도 자연스럽게 열심히 하게 됩니다.

꽉 끼는옷 덜덜어 금지

11. 공복감과 느린 식사 시간

공복감을 느끼게 되는 데에는 복잡한 호르몬과 심리적 작용이 있지만, 1차적으로는 혈당과
연관됩니다. 혈당이 높으면 포만감을, 혈당이 낮으면 공복감을 느낍니다. 음식을 꼭꼭 씹어 느리게
먹으면, 그동안에 혈당이 높아져서 포만감을 느끼고, 그만큼 덜 먹게 됩니다. 그리고 씹는 행위
자체도 스트레스를 해소하는 효과가 있다고 하네요. 다이어트를 떠나서 미식가들은 꼭꼭 씹어야
음식의 참맛을 느낄 수 있다고 말합니다. 빨리 먹는 데에만 집중해서 진미를 느낄 수 없다면 그 역시
슬프지 않습니까?

12. GI 지수를 알아두자

혈당지수(Glycemic Index, GI)는 특정 식품을 섭취했을 때 혈당이 얼마나 빨리 오르느냐를 보여주는
수치입니다. GI가 높으면 혈당이 빨리 오르고, 낮으면 천천히 오릅니다. 만약 혈당이 빨리 오르면
그만큼 혈당도 빨리 내려가고, 지방으로 빨리 변환됩니다. 또 혈당이 내려가면 공복감이 옵니다.
즉, 먹어도 금방 배가 고프다는 뜻입니다. 혈당이 천천히 오르면 혈당도 천천히 내려가고 만복감이
오래갑니다. 상대적으로 지방으로 변화도 느리고요. 그렇지만 GI지수 낮은 음식을 실컷 먹고
"오호호, 이거 지방으로 안 가겠지?"라고 생각하면 오산입니다. 많이 먹고 운동을 안 하면
살찌는 건 마찬가지랍니다. 그래도 GI지수가 높고 낮은 음식을 알아두면 더 효율적으로 다이어트할
수 있습니다.

고혈당지수음식(〉85): 베이글, 흰 빵, 통밀 빵, 사탕, 콘플레이크, 꿀, 감자, 탄산음료, 스포츠음료,
밀가루, 설탕 등
중혈당지수음식(60~85): 구운 콩, 바나나, 옥수수, 포도, 오렌지주스, 파스타, 쌀, 삶은 고구마
저혈당지수음식(〈60): 사과, 과당, 아이스크림, 배, 건포도, 요구르트, 생고구마

운동 시작 3일째.

현재 수지의 운동패턴은 이러했다.

스트레칭
↓
사이클 15분 (워밍업)
↓
러닝머신 걷기 (30분)
↓
사이클 20분 (마무리)
↓
스트레칭

아아....
지겹다.....

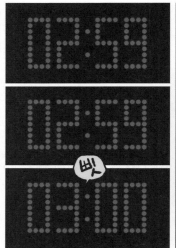

1초가 이렇게
길었던가?

숫자에서
눈을 뗄 줄을
모른다.

1분이
이렇게
길었었나
.....??

시간이 이렇게
안 갈 수가 없다....

30분을 걸은 것
같은데 고작
3분이 지났어....

좋아하는 프로가 없어....

그래.. 벌써 4분이나 걸었다. 26분만 더 걸으면 돼..!

할 수 있다! 할 수 있어! 남들도 다 하는 거다!

남들 다 하는 걸 안 하고 살아서 지금 내가 이 고생을 하는 거다!

난 아직도 84kg!!!

우와.. 멋지다... 나도 언젠가는 저런 남자친구 사귀고 싶다.

근데 우리 헬스장엔 왜 아줌마밖에 없지?

그러게..

하하하

젊은 여자들 운동 되게 안 하나봐.

.....

저기요! 저 25살 인데요...

젊은데요.

아... 예...

아줌마로 보여도 어쩔 수 없어...

분하다 ...

살을 꼭 빼야겠다...!

도리   도리

영원히 끝나지 않을 것 같던 오늘 운동이 끝났다.

안 씻어?

집에 가서 씻으려구요...

안돼, 안돼. 씻고 나와.

네온비 관장의 헬스장 관리비를 실컷 축내고 오라구. 어서.

다른 사람들 사이에서 씻고 싶지 않아서 그래요...

귀찮아도 그냥 집에 가서...

바보야!
뚱뚱하다는
이유로 다른
사람들이
당연하게
누리는 것을
니가 포기할
이유는 없어!

당장
씻고와.

쭈뼛 쭈뼛

주섬 주섬

....

83.0

와...!!!!! 83kg가 됐잖아?
지겨움을 참은 보람이 있어!

좋아~! 빨리 앞자리
7이 되고 싶다.....

앞자리 7이 되면 상의
XL가 아니라 L을
입을 수 있겠지...??

숫자에 연연하지 말라고
했지만 그래도 숫자가
줄어드는 걸 보니까
어쩔 수 없이 기분이 좋다.
헤헤헤...

쏴아아

두리번 두리번

저렇게 날씬한 사람도 운동을 하는구나.

저 사람도 정상 체중인 것 같은데...

저 할머니는 나이도 많이 드신 것 같은데....

모두 운동을 한다.... 나보다 뚱뚱하지도 않은데...

나도 언젠가는 정상 체중이 되고 싶다...

샤워장에서 다른 사람들의 몸을 보는 것만으로도 수지에겐 자극이 되고 있었다.

찬희는 그걸 노린 것이었다.

사람들의 눈을 피해 목욕탕도 수영장도 가지 않고 늘 집에서 씻는 수지에게는 자신의 몸 말고 다른 사람의 몸을 직접 보는 그런 자극이 필요했다.

...좋아!

열심히 해야겠다..!!!

몇 개월이야?

네?

임산부가 열심히 운동도 하고, 대단햐~.

....

저는.. 그냥 살이 찐 건데요...

아,아이구! 내가 말실수를 했네 그만.

난 젊은 새댁 인줄 알구. 미안해, 미안해.

...

신경쓰지 말아요, 우리나라 사람들은 오지랖이 넓으니까.

괜찮아요... 제가 제 배를 봐도 그런데요 뭐.....

남에게 살이 쪘니 어쨌니, 외모가 어떻니 저떻니... 이런 말을 아무렇지도 않게 내뱉는 나라는 우리나라밖에 없을 걸.

위축되지 말아요. 살은 빼면 되는 거니까.

나도 옛날엔 80kg이나 나갔었거든. 아무래도 건강 때문에라도 빼야 되겠더라구...

어떻게 빼신 건데요...?

식이조절과 운동으로 뺐죠 뭐. 답은 그것밖에 없는 것 같아.

근데 아가씨, 아까 보니까 유산소만 하던데. 근력운동도 추가하는 게 좋지 않을까?

나도 알아.

그런데 왜 지금은 유산소만 시키는 거예요?

헬스장에서 하는
운동 중에 가장
지겨운 게 뭐라고
생각하냐.

그야......
러닝머신과...
사이클이요.
제가 하고
있는 것들...

그래.
바로
그거다!

반대로 말하자면
그 두 가지만
익숙해지면 된단
말이다.

그럼 그 다음부턴
쉬워진다.
지금은 어려운 게
당연한 거야.

조급해 하지 마.
지금도 충분히 잘 하고
있는 중이니까.

넌 아직 지방을 조금 더
덜어낼 필요가 있어.

뭔가
이상해...

곧 복부운동도 추가하고,
시간이 지날수록
근력운동의 비중 또한
점점 늘어날거다.

그 때 돼서 죽는 소리
할 테니 걱정하지마.

운동 방법은 확실히
<이거다!!> 하고
정해진 건 없어.

책이나 인터넷을
통해서 혼자 계획을
세울 수도 있고,
역시 제일 좋은 방법은
가까운 트레이너에게
자신의 몸 상태를
상담하면서
운동 방법을
계획하는 것이지.

그렇게 자기에게
맞춰나가는 거야.
알았지!

지금
어딜 보고
얘기하는
거죠?

자전거/런닝머신 패턴은
수지에게 적합한 수 많은
운동방법중 하나일 뿐입니다.

참...
그리고
오늘은
83kg이
됐어요!

이번엔
똥이
아니라
구요.

....

수지는 어느샌가
찬희에게 모든 걸
일일이 보고하고
있었다.

수지를 따라 충동적으로 헬스장을 등록하고 난 후
부장은 하루하루가 너무나도 괴로웠다.

으.... 헬스장이
너무 멀어서
가고싶지가
않다...

피곤해....!

쓰러진 게
쪽팔리기도
하고....

하지만 오늘은
꼭 가야한다...
일주일동안
하루도
못 나갔어...

으으으

수지씨한테 그놈이
집적거리는 꼴을
보고있을 수는 없지!!

그리고
이미 1년치
끊어놔서..

버스를 애용하는
검소한 부장.

가는 동안

시들해지는

의욕.

큰헬스장

그나마 온
보람을 느낌.

아니 수지씨, 기구가 이렇게 많은데 왜 사이클이랑 러닝머신만 하는 거야?

돈 아깝잖아.

지금은 워밍업이에요.

곧 근력운동도 추가한다고 했어요.

워밍업?

네. 운동 시작 전에 몸을 살짝 데워줘야 효과가 더 좋다고....

그래... 그렇단 말이지.

운동도 안 하면서 다른 사람 이용도 못하게 계속 기구에 앉아있는 부장.

하지만 난 저거 싫어. 지루하잖아.

힘들어...

지루해...

지루함과 정면으로 맞서고 그것을 극복해내야 헬스장 이용의 다음 단계가 열리는 것이다.

하지만 부장은 그저 피해다녔다.

근적외선 찜질방

몸을 데우는 것만이라면 저기 찜질방에서 데워도 되잖아?

난 천재!!

어~~ 좋다. 땀 잘~ 난다. 살도 잘 빠지겠네 핫핫!!

새로 오셨나봐요. 좀 드실라우?

후끈

후끈

새빛은

엇? 그.. 그럴까요?

뻥튀기는 살이 안 찌니까.

ㅋ ㅋ ㅋ ㅋ ㅋ ㅋ

새빛은

저 사람 뭐하는 거야? 일주일만에 와서.

근적외선 땀뜸질

정신 나갔군.

부장님... 워밍업 하라니까 사우나에서 몸을 데우며 뻥튀기를 드시고 있네요...

워밍업은 단순히 땀만 내는 게 아니야. 운동에 적응할 수 있도록 몸을 풀어주는 거다.

그냥 가만히 앉아서 땀을 빼는 건 수분만 빠질 뿐이야.

똥뚱한 사람이 사우나를 오래하면 심혈관계 계통에 문제가 생길 수도 있고 피부도 늙어버려.

너 저 부장이랑 친하게 지내지 마라.

네.

난 정말 열심히 해야겠다.

운동하며 흘리는 땀은 몸속 좋지 않은 성분과 중금속 성분이 빠져나가 건강에 도움을 주지만, 사우나에서 흘리는 땀은 지나치게 강한 열로 급격한 체온상승을 막기 위해 몸속 수분이 쥐어짜지는 것으로 체내 중요한 성분들 (칼륨 인 미네랄 등등)이 함께 배출됩니다.

사우나에서 흘리는 땀과 운동하며 흘리는 땀은 다르다는 거죠.

14:59

15:00

삐삐삐

다 탔다!
오늘도 운동 첫 스타트를 해냈다!!!

런닝머신 하기 전에 물 한 잔 마실까.

쫄쫄

아~덥다. 더워.

아니, 수지씨. 땀을 빼려면 물 마시면서 운동하면 안돼~.

새빛은행

후아아

네?

운동하면서
물 마시면
다 소용없다구.

물은 원활한
몸속 대사를 위해
많이 마셔야
좋습니다.

입에 물은
뻥튀기가루나
닦으시죠.

사우나에서 계속
땀이나 빼시고요.

사우나
하러 오신 거
아닙니까?

운동은 땀을 흘려야
빠지는 거지!
물 마시면 땀흘린 게
무슨 소용인가!!

수룹

응?
안 그래??

대회를 앞둔
보디빌더나
운동선수같은 경우는
수분을 제한하는
경우도 있지만
보통 사람은
많이 마셔도 됩니다.
지방을 빼러온 거지
수분을 빼러온 게
아니니까요.

오호라...... 그러고보니 당신이
수지씨를 회사에서도 계속 물 먹는
하마로 만든 장본인이로군!

수지씨가
물 마시고
배불러서
내 간식을
얼마나
거절했는지
알아!!

수지는 제가 알아서
가르치고 관리할테니
상관 좀 하지 마세요.

소중한
내 자료한테
자꾸 불순물이
끼어들고 있어!!

나, 나도 왕년에
운동을 해 본
사람이야!
인터넷으로
정보도 많이
알고 있다고~!!

그럼 저보다
몸이 좋아지면
참견하시던가요.

분한데
할 말이 없다.

젠장~!!
막 운동할 거야!

미친듯이
운동할 거야!

열심히
할 거야~!!

끄으으윽!!!

회원님,
그렇게
하시면
안됩니다.
들 수 있는
무게로...

그, 그런거
언제 다
지킵니까!

난
시간이
없어요!!!

빨리 몸짱이
돼서 수지씨를
내가
가르칠 거야!!!

한두 달만 하면
권상우 정도는
가능하겠지?

......

그리고 그날
부장은
골병이 났다.

끄으으...

아마도 족히
일주일 동안은
헬스장에
못 나올 것이다.

야옹

▲ 1인 가구라 간호해 줄 사람이 없다.

아무리 아파도 회사는 빠질 수 없다.

이럴 땐 차라리 가벼운 운동을 하는 게 좋지만 부장은 안 아파질 때까지 쉬기로 했다.

부장이 빠진 일주일동안 헬스장은 매우 쾌적했으며

수지는 그중 5일을 아무 방해 없이 운동할 수 있었다.

어쩐지 지방들이 안 보이는 것 같은데...

인원은 확실히 체크하고 있겠지?

그럼요, 그럼요.

그럼 다 어디 있는 거야?

모르겠는데요.

신입지방들은 언제쯤 보충 되는 거지?

모르겠는데요.

넌 아는 게 뭐냐.

...

어?

어어???

?!

?!

이 괴현상을 시작으로 하늘로 떠오르는 지방이 곳곳에서 목격되기 시작했다.

그리고 이어지는 목격담과 증언들.

하늘로 올라간 동료가 작은 지방으로 바뀌어서 떨어졌어요!

세상에! 믿을 수가 없어요!

어.. 어...?

잡아줘요!!

이거 지금 찍고 있어?!

??

큰 지방들이 하늘로 올라가선 작은 지방이 되어 내려온다. 더군다나 착해지기까지?!

이건 비상사태다 !!!

267

금방이라도 그만둘 줄 알았던 수지가 꾸준히 유산소 운동을 수행하고 있습니다. 걷는 속도도 점점 빨라지고 있습니다.

평균시속 6km를 넘어서 계속 상승 중입니다.

갈수록 지방 소모속도가 빨라집니다.

그 중 특히 세 지역의 피해가 심각합니다.

턱.

복부.

허벅지.

지방이 밀집된 지역일수록 소모되는 속도가 빠릅니다.

더 이상 지방을 잃을 수는 없습니다.

대책이 필요합니다.

하지만 결국은 내려오잖아. 작아져서.

다시 키워서 배치하면 될 거야.

...

...

대장님......

그럴 돈이 없습니다.

지방 키우기는 실패했습니다.

남는 돈도, 잉여 영양도 없습니다.

지금 있는 지방들을 지키는 것만으로도 총력을 기울여야 할 상황입니다.

언제부턴가 수지는 꼭 필요한 만큼만 먹습니다.

...

복부대표, 허벅지대표, 그리고 셀룰라이트만 남고...

나머진 다 나가.

...

우르르

도대체 왜 작아지는 거야!!

어떻게든 처먹으란 말이야!!

뚱뚱해지란 말이야!!

월급도 안 밀리고 꼬박꼬박 주고 있잖아!!!

지난 25년간 이 나라는 아무 탈 없이 뚱뚱했었는데!!

얼마 전엔 근육이 들고 일어나질 않나!!!!!

회의실

나라 꼴이 왜 이 모양인 거냐고!!! 왜!!!!

크흑흑....

걱정마. 대장님이 다 해결해 주실 거야.

그래서 제가 경고하지 않았습니까!

무조건 저축해야 한다구요!

닥쳐!

안그래도 차 판 거 몰라? 걸어다닌 다구!!

지금이라도 저축하면 되는 거 아닙니까!

당장 뇌한테 협조공문을 띄우는 겁니다!

이제 뇌는 날 만나 주지도 않아!!

기껏 만나더라도 이정도 먹었으면 충분하다고 말한단 말이다!!

다 망했어!!

탁

저축은 아무 때나 할 수 있는 줄 알아!

아주 많이 처먹으면 남는 걸 모를 텐데!

아예 굶으면 근육들을 부려 먹을 텐데!

지금은 적당히 죽지 않을 만큼만 돈을 주고 있으니 문제란 말이야!!

됐어!!

그냥 지방들한테 뭔가 붙잡고 딱 붙어 있으라고 할 거야. C8!!!

나도 너네들 제대로 잘 관리하고 싶은데....

요즘은 신입들도 잘 안 들어 오고...

아아 아아

결국 줄어드는 건 어쩔 수가 없다고...

앞으론 떠오를 때 주변 근육이라도 붙잡으라고 해.

혼자 죽을 순 없잖아.

그 뒤로 수지나라에선 종종 기묘한 광경들이 목격되었다.

크, 크아악! 나에게도 이런 일이...

떠오른다, 떠오른다!!

으, 으악! 왜 이러세요!

닥쳐, 같이 죽자!!!

우우우웅

살이 빠지면서 어쩔 수 없이 근육도 같이 빠지는 것. 이것이 바로 근손실이다.

ㄲㅏㅇㅑㅇㅑ

헬스를 시작한지 2주째 되는 날.

선생님!

뭐야? 왜?

이것보세요. 바지 허리가 헐렁해졌어요! 엉덩이도요.

체형이 변하고 있다구요!

식단일기를 작성한 지 2달째 되는 날이었다.

저 지금 몇 킬로 나갈까요? 재 보고 싶어요. 궁금해요.

자주 재지마. 물론 줄어들었겠지. 출근길 걷기도 꾸준히 하고 있고, 헬스도 하는데.

하지만 만에 하나 변화가 없으면 괜히 의욕만 꺾이니까.

어차피 세 번째 중간점검날이 다가온다. 긴장하라구.

아~~ 빨리 앞자리 7이 되고 싶다~. 앞자리 7이 되면 어떤 기분일까요?

......

확실히 잘 빠지고 있다.

그렇지만 근육도 빠지고 있겠지..

지방은 줄여야하는데 근육은 잃으면 안 된다.

이것이 모든 다이어터들의 딜레마다.

점점 변해가는 수지나라에서 살아남기 위해선 근육들도 힘이 필요한 것이다.

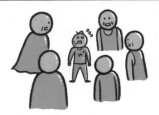

그럼에도 불구하고 찬희가 지금까지 수지에게 근력운동을 시키지 않았던 이유는 근육보단 지방이 훨씬 더 빠른 속도로 연소되고 있었기 때문이다.

하지만 이제부턴 근육을 최대한 잃지 말아야 한다.

찬희는 수지의 지방을 걷어냄과 동시에 근육의 안전까지 책임져야 하는 시기에 접어든 것이다.

내일부턴 근력운동을 추가할 거다. 오늘은 푹 자둬.

네, 잠깐 세수 좀 하구요.

이중턱이 많이 줄어들었어...

피부도 정말 좋아졌고.

빨리 더 예뻐지고 싶다!!

오해해

뚱뚜루 뚱뚱 ♪♫
뚱뚱 치킨♥

뚱뚱해지고 싶으면 전화해♥

그래도 먹고 싶다.... 치킨...

삐끼

치킨을 마지막으로 먹은 지 2달이 지났어..

몸에 안 좋은 걸 아는데도 딴 걸 먹고 싶다.

지금은 눈에 안 보이니까 안 먹을 뿐.

만약 눈앞에 먹을게 있어도 난 과연 참아낼 수 있을까?

분명 수지는 잘 해내고 있었다.

참을 수 있을 거야...

지금까지는.

이렇게까지 꾸준히 잘할 수 있었던 이유는 고도비만인 사람만이 경험할 수 있는 초반 빠른 감량의 뿌듯함.

그리고 찬희의 지속적인 감시 덕분이다.

하지만 언제까지고 이렇게 쭉쭉 빠질 순 없다.

찬희도 언제까지나 수지 곁에 있을 수 없다.

체중이 언젠가 제자리에 멈추더라도.

찬희가 옆에 없더라도.

그렇게 돼도 수지는 과연 지금까지의 생활을 그대로 유지할 수 있을까?

꼬르륵

02:30 AM

배가 고파......!!!!

수지의 인내심을 시험할 수 있는 밤이 찾아왔다.

13. 살찌는 체질이 따로 있다?

과학이 발달하여 방사선동위원소측정법이라는 방법으로 개인이 먹은 음식량과 체중의 관계를 정확하게 파악할 수 있게 되었습니다. 그 결과 물만 마셔도 살이 찌거나, 적게 먹어도 확 살이 찌는 극단적인 체질은 없었다고 하네요. 예외를 꼽자면 기초대사량의 차이밖에 없습니다.

그렇지만 여기에는 틈새가 있습니다. 건강한 사람의 소화 흡수율은 5% 정도 개인차가 납니다. 단순 계산하여 하루 2,000kcal의 열량을 섭취하면, 사람에 따라 100kcal 정도 덜 흡수된다는 뜻입니다. 사람 몸무게 1kg은 약 7,000kcal이므로, 소화효율이 5% 떨어지면 70일마다 1kg가량 더 빠지는 셈입니다. 이것은 1년에는 5.2kg, 10년에는 52kg이 차이 나는 것입니다.

그러나 이 차이는 건강한 사람이라면 충분히 극복 가능합니다. 100kcal는 하루에 쿠키 하나, 혹은 탄산음료 한 컵을 줄이면 됩니다. 아니면 40분만 걸어도 충분히 소모 가능하고요. 중요한 것은 얼마나 꾸준히 운동하고, 식이조절을 하는가입니다. 거꾸로 생각하면 지금 덜어낸 밥 한 숟가락과 과자 한 조각, 잠깐의 조깅이 당장은 미미해 보여도 쌓이고 쌓여서 복리 이자처럼 엄청난 효과를 발휘한다는 뜻입니다.

물론 질병으로 기초대사량이 낮을 수도 있습니다. 호르몬 분비 이상으로 비정상적인 식욕을 가지기도 합니다. 하지만 그런 사람은 다이어트가 해결책이 아니라 병원 치료가 필요할 것입니다.
기회가 된다면 날씬한 사람들의 식습관을 잘 살펴보세요. 대부분 느긋하게 식사를 하며 군것질을 거의 안 한다는 사실을 발견할 수 있을 겁니다. 1일 권장 열량에서 1,000kcal 이상 먹는 무절제한 생활을 계속하면 누구라도 살이 찔 수밖에 없습니다. 당신의 생활습관이 당신의 체질입니다.

세상에...

배가 고파서 잠이 깨다니 ...

이런 경우도 있구나...

식사는 꼬박꼬박 하고 있는데...

요즘의 공복감과 허기는 견딜 수가 없다.

굶는 것도 아닌데 왜?

운동량이 늘어났기 때문인가?

그래서인가?

출근할 때 걷고 퇴근할 때 헬스하고?

그렇구나 ... 먹는 건 똑같은데 활동량이 늘어나서 그런 거구나 .....

아아..... 너무 배가 고프다. 너무.....

물이라도 마실까?

꿀렁 꿀렁

마시고 나면 자다가 화장실 가야하고 귀찮은데 ...!!!

씹는 음식이 먹고 싶어!! 군것질하고 싶어!! 아침까지 못 참겠어!!

끄으응

먹으면 분명 후회하겠지.....? 분명, 분명히 100% 후회하겠지?

자자!!

벌렁

잠을 자자 ...!!

그래도
뭐 없나?

숙...

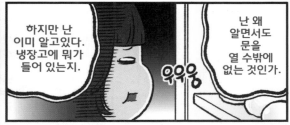

하지만 난
이미 알고있다.
냉장고에 뭐가
들어 있는지.

우우웅

난 왜
알면서도
문을
열 수밖에
없는 것인가.

바나나!

브로콜리!

토마토!

오이!

두부!

지겨워....!!

먹고싶지
않아....!!

아! 그래!
사과주스가
있었지!

좋아!

사과
주스를
...

먹지마
표시해 뒀어
↓

찬희의
유성매직 메모.

크윽...!!

젠장...!
젠장...!!!

결국
여기까진가
.....

난 여기서
이렇게
포기할
수밖에
없는 것인가
....

그래.. 그 동안
잘 지켜 왔잖아.
이게 무슨 짓이야
새벽에...

잠이나
자자.

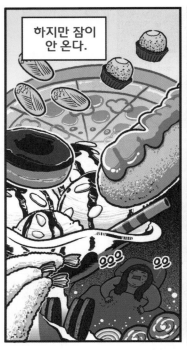

하지만 잠이
안 온다.

생각하지 말자!
난 이미 그것들이
무슨 맛인지 다 알아!

먹어봤자
순간뿐이야....
난 달라져야해.
달라질 거야!
참아야해!!!

그래, 난 참을 수 있어.
이건 잠시 지나가는
바람일 뿐이야.

힘내라. 신수지!
이미 두 달 동안
잘 참아왔어.
참을 수 있어!

두 달이나 잘 지켰는데
하루쯤은 마음대로 먹어도
상관없지 않을까?

선생님
...

아이스크림 한 개만
먹으면 안돼요?

오늘 아이스커피
먹었잖아.
정 먹고 싶으면
내일 반만 먹어.

지금 먹고 싶은데..

안돼.
하루에
두 개는
안 돼.

히잉...

278

개새끼!
내가 이렇게 돈을
열심히 벌고 있는데
왜 아이스크림 하나도
제대로 못 먹는 거야?

뻐킹! 뻐킹!
갓! 뎀!

아니야...아니야...
내가 미쳤나봐.
선생님한테 무슨
망측한 소리를..

정 못참겠으면
오이나 토마토를
먹자.

이렇게 스트레스를
받아야만
하는걸까??

스트레스는 살이
빠지는 데 도움이
안 되잖아....!!

정말로
참아야만
하는 걸까!?

참는 수밖에
없는 걸까!?

그래..!!

현금!

오늘은
지갑에
현금이
있다..!!!

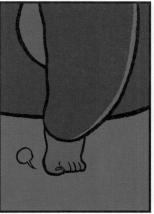

이제 수지는
뭐라도 먹지
않으면
미쳐버릴 것
같았다.

사뿐
사뿐

부장님 심부름으로 파스를
사주고 남은 거스름돈...!

고마워
수지씨...

거스름돈은
심부름 값
이야

!!

집 근처에 있는 편의점...!!

FamilyMart

이 둘을 만나게
해주기 위해선
선생님 몰래 현관문을
열어야 한다...!!

조심
조심

이러고
있으니까
옛날 생각이
난다.....

달각
달각

엄마가 거실에서
자고 있으면
이렇게 조용히
찌개 속 돼지고기를
건져먹곤 했었지....

타
악

끄흡!?

끼
기
기
기

기기긱

살이 빠지면 하고 싶었던 것들..!
앞자리가 7이 되고 싶다는 소망...!
수지에게 지금 이런 것들은
눈꼽만큼도 중요하지 않았다.

지금 수지의 머릿속은 오로지
찬희에게 들키지 않고
문을 열어야겠다는 생각만으로
가득했다.

뒤척 뒤척

...

하나는 열었다....

달각
달각

이제 하나만
더 열면
나갈 수 있다.

젠장...!
왜 이렇게
식은 땀이
나는 거야.

등이
축축해졌어
...
더워
...

더워,더워
더워,더워
.....

으으음.

오싹

슈발!!
왜 이렇게
안 열리는
거야
!!!

소름돋아
죽겠네.
아....
긴장돼...
추워...

추워,추워
추워,추워
....

끼이이...

차칵

오오오!!
열렸다!
열렸어!

열렸다
열렸다
열렸다
열렸다
열렸다
열렸다
열렸다
!!!!!

그래...
잘 됐어.

차라리
잘 된 거야.

내일 아침에는
웃을 거야..

쯧.

운동은
익숙해질 수
있다.

하지만
먹고 싶은
음식을
참아내는 건
그렇지가
않다.

참으면
참을수록
더욱 간절해
진다.

매일 식단일기를 쓰고
찬희가 감시하더라도
영원히 가둬둘 순 없다.

쿵

쿵

쿵

쿵

언제든지 뚫고
나올 수 있는 것이다.

식탐이란 원래
그런 것이다.

수지의
인내심이
바닥날 때가
다가오고
있었다.

배가
고프다
..!

어느샌가부터
난 항상
배가 고프다
...!!!

배고파...

배고파...

배고파
돌아가시겠다
!!!!!!

.....

팍 팍 팍

저.... 조금만
더 먹으면
안 되나요?

안돼, 안돼.
오늘 충분히
먹었잖아.

운동
갔다와서
그런지
배가 너무
고픈데...

뒤적
뒤적

그만 먹어!

쩝
쩝

짜!

조금 남았는데
아깝잖아요?

네 뱃속으로
들어가는 건
안 아깝고?

우웅...

이거 요만큼
더 먹는다고
행복하냐?

아니요.....

오이 한 개만
더 먹든가.

됐어요
...

여러분~

악의 축
코알랄라
입니다.

야식 먹을
시간이에용.

살 찌는
떡볶이.

기름진
튀김.

우리 모두
즐겁게
먹어요~

튀김.....!

떡볶이...!

순대...!

이 때 수지의 눈빛이
이글이글 불타오르는 것을
찬희는 놓치고 말았다.

오늘, 내일
이틀간 내가
집에
못 들어
올 거야.

네?
왜요?

관장님이 헬스장 근처로
이사한다고 하셔서
도와 드리기로 했어.

이사를
도와주면
헬스비를
깎아주기로
한 것이다.

내일 먹을
샐러드 채소는
미리 만들어
놨으니까
챙겨먹고,

닭가슴살은
냉동실에서
꺼내서
돌려먹도록.

식단일기는
갔다 와서
검사할게.

우웅...
네.

뭐...
별일
없겠지?

잘 지켜야 돼!
돌아와서 중간 점검
할 거야.

그럼
갔다온다.

네.

오랜만에
집안에 수지
혼자 있는
시간이 생겼다.

뭐 없나
....?

벌컥!

없는거 다 아는데
왜 자꾸 여는 거야...!!!

채소

이 멍청하고
어리석은 영혼아!

이쯤에서 지난 2달간 수지의 식단을 살펴봅시다.

아침은 과일이나
보통의 가정식.

점심은
남들이 먹는 만큼.

저녁은 채소와 단백질.
그리고 약간의 탄수화물.

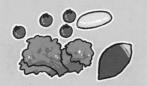

가끔은 밥을 먹는 날도
있었다.

간식은 아몬드나 저지방우유,
또는 마시고 싶은 음료 한 캔,
어쩌다 과자 딱 한 조각,
또는 아메리카노.

운동 후에도 배가 고프면
약간의 채소나 과일을 먹었다.
그리고 매일 1L~2L의 물.

그래...
여기서
포기할 순
없지...

지금까지
고생한 게
얼만데...

좋아!!
기분전환 겸
산책이라도
다녀올까?!

꼬르륵

그만 좀
꼬르륵 거려!
이 정도 먹었으면
됐잖아!

벌컥

요즘 계속
왜 이러는 거야!

!!

누가 또
쥐새끼처럼
살금살금
전단지를
붙였어!!

내 신성한 현관문에서
떨어져!!

붙이지마!!

내 눈앞에서...

꺼져 버리라구!!

여기까지는 수지의 상상.

...

두마리 치킨이
12,900원? 싸다...

불갈비 피자가
8,900원...
콜라도 준다고?

우와...

....

처음엔 그냥
전단지 구경이라도
해볼까 하는
마음이었다.

하지만 소용없지.
난 시켜먹을 수
없으니까...

체크카드 밖에
없으니까...

이런 걸 봐도
소용이
없다고..

문자가
날아오니까
...

....어?

오오오
오오오
오오옷
!!!!!!!!
!!!!!!!!

핸드폰을
놓고 갔다?!

시켜먹을 수
있다!

문자는
지우면
돼!!

수지는
마음이
들뜨고
말았다.

피자?!

피자는 역시
안 되겠어...

이 칼로리를 먹고
감당할 자신이 없다,
도저히..!

치킨!!!

닭고기는
단백질
이잖아?

치킨 무는
채소잖아?

좋아...
단백질과 채소다...

치킨 껍데기를
살살 벗겨내고
속만 먹는 거야....

자기 합리화의
극치...!

ㅋ

응

리얼 4D치킨이
눈앞에 있다..!!

속만 먹는 거야..!!

속만......!

빠삭

먹게 될 리가
없었다.

순식간에
흔적도 없이
사라졌다.

완전범죄를 위해
잔해들은 모두 치우고
박스는 분리수거장에
내다버렸다.

나간 김에 수지는 제과점에서
슈크림 크로와상을 잔뜩 샀다.

아이스크림도 샀다.

본인이 무슨 짓을
하고 있는 지
깨닫지도 못했다.

그냥 단걸
먹고 싶다는 본능만이
수지를 지배했다.

그리고 밀린 드라마를
보기 시작했다.

지금 이 순간 수지는
최고로 행복한 여자.

수지가 정신을
차렸을 때는 이미
물이 엎질러진
후였다.

먹었어...!!!

엄청나게
많이 먹었어
!!!

무슨
맛이었는지
생각도 안 나
....

나 왜...
처먹은 거지....
끄흐흐흐....

수지의 꼭 감은
두 눈에서
하염없이 눈물이
흐른다.

뚝

뚝   뚝

슬픈 건 아니었다.
기쁜 건 더더욱
아니었다.

지금 대체 왜
울고 있는지.

눈물이 왜이렇게
줄줄 흐르는지.

수지는
정확히
설명할 수가
없었다.

늘 영양성분표를
확인하며 먹던 수지.

하루도 빼놓지 않고
식단일기를 쓰던 수지.

하지만 지금은
쓸 수 없다.

엄두조차
나지 않는다.

잠시동안 수지의 미각은
세상에서 최고로 행복했지만
지금 남은 건 쓰레기와
기분 나쁘게 부른 배와
엄청난 후회뿐이었다.

적자...
적고 반성하자.

적어야 한다....

치킨...

슈크림 크로와상...

콜라... 아이스크림...

초콜렛...

부들
부들

도저히 그대로
적을 수가 없다...

단백질

이런 파워 폭식을
정직하게 쓸 수 없어
..........!!

데굴 데굴

써봤자 이미 뱃속으로
들어가버렸어!
소용이 없다고!!
흑흑흑......

다시 헬스장에 가서 운동
하고 올까 하는 생각이 아주
잠시 들었지만 배가 너무 불러서
그것마저 불가능했다.

토할까...?

토하면 식도랑 위랑.. 엄청 상하겠지..?

아...... 한심하다 정말.....

위산이 역류하면서 토하는 기분이 세상에서 제일 싫은데.....

왜 처먹은 거니, 왜!! 왜!!!!!!!!

선생님한테는 어떻게 설명할래!! 신수지!!!

드르륵

몇달전에 무료로 받은 다이어트 환..

최고급 생약재로 정성껏 제조해 우주의 생명을 간직한 명약!

온몸의 독소를 빼주면서 다이어트까지 동시에!

이걸 먹어봤자 소용 없다는 건 안다...

아니란 걸 뻔히 알면서도...

이 글을 7시간 내에 10번 올리지 않으면 당신이 사랑하는 사람이 죽게 됩니다.

저주글을 퍼다나르는 초딩의 심정

이거라도 먹지 않으면 안 될 것 같다..!

으쩍

으쩍

스스로 한심함에 눈물이 난다.

어떡하지...

어떻게 하지...

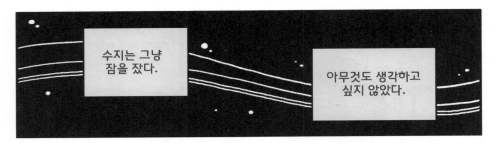

수지는 그냥
잠을 잤다.

아무것도 생각하고
싶지 않았다.

택배요.

?

으아..

흐아아아??

요요다!

요요가
왔어!

올 것이
와버렸어!

어푸!
어푸
어푸

부었어...

으흐흐...

탁...

아침을 굶었다.

그냥 뱃속을
비워두고 싶었다.

걷고 싶지도
않았다.

어제의 폭식을
회사에서 두고두고
곱씹으며 후회할
뿐이었다.

으흐흐흐...

오늘은 부장님
근육통 회복 기념
회식이래요~!

와아~

우르르~

돼지고기

쿠이이

수지씨.
요즘 살
빠졌지?

하루 정돈
괜찮아.

이젠 생각할
힘도 없다.

그래
그래.

하하

울먹 울먹

난 틀렸어....

사람의 근본은 바뀔 수가 없나봐...

그동안 잘 해 왔었는데 다 망했어. 다 소용없어.

역시 난 안 되나봐...

여기까진가봐...

채소가 하나도 줄지 않았다?

이틀만에 집에 돌아온 찬희.

설거지를 한 흔적도 없다?

재활용 쓰레기 모아두는 곳도 깨끗하다?

!

자포자기한 심정으로 결제 확인 문자를 지우지도 않은 수지.

그곳엔 수지의 모든 행적이 남아 있었다.

두마리 치킨 12,900원 사용.

배스킨라빈스 16,900원 사용.

두리안 제과점 8,000원 사용.

훼미리마트 9,800원 사용.

·····

찬희는
분노로
이성을
잃을 것
같았지만.

참았다.

폭주의 원인을 찾아야 한다...!

신수지의 식욕이
터진건 어찌 보면
내 책임이다....!!

그동안 너무
참아라,
참아라 하고
꾹 억눌러왔던 게
잘못이었던 거다.

하지만 초반
빠른 감량시기를
놓치고 싶지
않았단 말이야!

이렇게까지
스트레스 받고
있을 줄은...

죄송해요.
...

!!!

죄송해요...
폭식했어요...

알아.

이제 전 틀렸어요! 이번엔 정말 잘 해보려고 했는데…

여기까지가 제 한계예요. 더 이상은 못하겠어요!

폭식하고 후회하고 이런 기분이 너무 지겨워요!

으어엉

너무 힘들어요…

죄송해요…

….

….?

운동 갈 준비나 해. 멍청아.

소용없어요, 5kg은 쪘을 거예요..!! 와아아앙!!!

그러니까 이건 수많은 다이어터들이 다이어트를 포기하는 흔하디 흔한 이유다.

꿀꿀 꿀꿀

더 이상 움집에서 살기 싫어!

나무집을 지어야지.

열심히 나무를 해오고 정성스럽게 집을 짓는다.

뚝뚝 뚝뚝 뚝

뚝

!!

그러다 일어난 작은 사고...

....

구부러진 못 하나쯤 뽑아서 다시 박으면 될 것을.

우아앙!! 망했어!!

꽝 꽝

전부 다 끝났어!

여태까지 한 건 소용이 없어!

진흙탕에 굴러 버릴거야!

이런 식이 되는 것이다.

한편 지방들은 영양가 없는 회의만 계속 하고 있었다.

어떡할까?

어떡하지?

그러니까 지방을 모아서..

어떻게든 모아서...

모아서...

대장님!

빌컥

새로운 지방들이 옵니다!

엄청나게 옵니다!!!

우와앗!?

하지만 이건 지방들도 미처 대비하지 못한 의외의 사태였다.

빨리! 빨리!

으으... 조금만 기다려 주세요...

이렇게 갑자기 몰린 적은 너무 오랜만이라...

지방접수처

왜 이렇게 느린거야?

어휴...

지루하다. 지루해.

빨리 등록시키고 복부와 허벅지에 집중 배치해!!

이제 다시 우리에게 승기가 넘어온 거다!

서둘러!

애가 타는 대장....!!

빨리해...빨리빨리..
저러다 돌아가 버리겠어...
빨리빨리....빨리빨리....

유산소의 포격이 시작되었습니다!!

콰 콰

콰

으악!

안 돼!

콰

콰

콰

콰콰

지방이 쌓일 시간을 주지 마라.

살이 찌고 요요가 오는 건 오늘같은 날을 계속 반복할 때야.

그동안 잘 해왔잖아.

날씬해 졌다고 운동 그만둘 거 아니잖아.

평생 할 운동인데 하루나 이틀쯤 늦게 빠진다고 우울할 필요가 없잖아.

다시 정신차리고 원래 습관대로 돌아가면 되는 거야.

큰 헬스장

수지는 일주일에 한 끼, 먹고 싶은 걸 먹기로 했다.

먹고 싶은 음식을 평생 먹을 수 없다는 건 너무나 가혹한 처사.

단기적으론 효과가 있을지 몰라도 평생 지속할 수 있는 방법은 아니다.

건강한 식단과 꾸준한 운동보다 더 중요한 건 다이어트를 지속할 수 있는 의지.

그 의지가 바닥나지 않게 적절히 관리하는 것도 트레이너의 중요한 능력인 것이다.

정말요? 정말 먹어도 되는 거죠?

그럼 일요일마다 족발을 먹을래요♥

아. 혹시 착각할까봐 미리 말해 두는 건데 배터지게 먹으란 말 아니야. 먹을 때 나한테 반 덜어서 줘. 세금이다.

수지의 다이어트 방법은 그렇게 실패를 겪을 때마다 조금씩 보완되어 갔다.

★2권에 계속

14. 녹차는 비만인에게 해롭다?

이러한 주장은 "한의학에서 열이 많은 사람에게 녹차는 찬 음식이라 해롭다던데요?"라는 이야기에서 기인합니다. 그러나 정확한 진단과 처방 없이는 속단하지 않아야 합니다. 또한 한의학에서 말하는 뜨겁고 찬 체질은 단지 열이 많고 적음으로 판명하는 게 아니라네요. 녹차를 마셨을 때 설사, 두통 같은 구체적인 증상이 없다면 큰 지장이 없다고 봅니다. 녹차에는 다이어트에 도움이 되는 좋은 성분이 많다는 연구결과가 있고, 열량도 거의 없습니다. 무엇보다 탄산음료나 주스 같은 고칼로리 음료에 대한 욕구를 줄여주는 역할도 합니다. 다만 차가운 것을 지나치게 많이 먹으면 복통이나 설사가 일어날 수 있으니 조심하세요.

15. 원 푸드 다이어트의 위험성

황제 다이어트, 포도 다이어트, 마녀 수프 다이어트, 덴마크 다이어트 등이 원 푸드 다이어트에 속합니다. 원 푸드 다이어트는 확실히 체중 감소 효과가 있습니다만, 건강에 치명적입니다. 원 푸드 다이어트는 특정한 식품만 섭취하여 특정 영양소를 제한합니다. 전문가들이 음식을 골고루 섭취하라고 권고하는 이유는 한 가지 음식으로는 균형 잡힌 영양소를 섭취하기 몹시 어렵기 때문입니다. 제한된 영양소를 소비하는 장기와 그와 관련된 호르몬은 작동을 멈추게 됩니다. 그나마 작동되는 기관들은 무리해서 움직이고, 몸에 부족한 영양소는 기존에 축적된 것을 사용합니다. 심각해지면 근육뿐만 아니라 장기의 단백질을 분해하기도 합니다. 과장하면, 살기 위해 심장을 영양소로 쓰려고 분해한다는 겁니다! 신체를 잠수함이라고 친다면, 원 푸드 다이어트는 승무원을 반으로 줄여버린 상황과 같습니다. 남은 승무원이 바쁘게 움직여서 겉보기에는 잠수함이 잘 돌아가는 것처럼 보이지만, 안은 물이 터져 침수되기 직전입니다.

16. 다이어트에 육류는 나쁠까?

정답은 아니요, 입니다. 다이어트 식단에는 5대 영양소가 골고루 들어가야 합니다. 특정한 영양소가 모자라면 반드시 부작용이 옵니다. 육류는 중요한 단백질 공급원이고, 식단 관리 없이 무작정 육류를 끊으면 영양이 불균형해집니다.

탄수화물은 섭취하지 않고 육류만 먹는 '황제 다이어트'가 유행했는데, 나름의 과학적인 근거는 있습니다. 탄수화물은 흡수율이 높지만 단백질은 흡수율이 높지 않아요. 우리가 100의 탄수화물을 먹었을 때 90~95 정도를 흡수시킬 수 있다면, 단백질은 100을 먹었을 때 70~80 정도밖에 흡수되지 않습니다. 뿐만 아니라 1회당 소화시킬 수 있는 단백질량은 25~30g밖에 안 된다고 합니다. 그렇지만 지나친 황제 다이어트는 영양의 불균형을 가져오고, 이는 필연적으로 부작용을 가져옵니다. 육류가 많은 식단을 선택해도 좋습니다만, 탄수화물 섭취를 절반 이하로는 낮추지 말도록 합니다.

일반적으로 육류 요리가 다이어트에 나쁘다, 라고 인식되는 이유는 대개의 요리법이 다이어트에 이롭지 않기 때문입니다. 소시지나 햄과 같은 가공 육류는 가공되지 않은 육류와 비교하여 지방 함량이 높은 편입니다. 또 튀기거나 볶는 요리는 기름이 많이 들어갑니다. 이런 음식과 비교하면 기름을 사용하지 않고 직화로 구워먹는 삼겹살로 섭취하는 지방 함량은 오히려 낮은 편입니다. 그러나 굽기, 튀기기, 직화 요리는 고온으로 조리되며, 그 과정에서 지방과 단백질이 벤조피렌 등의 발암물질로 변형된다고 합니다. 삶거나 찌는 요리는 100~200℃ 정도의 낮은 온도로 조리되니 발암물질 변형이 거의 없습니다. 육류를 먹고 싶다면 삶거나 찐 요리를 드세요. 물론 삼겹살은 지방이 많아 좋은 부위는 아닙니다. 구워먹고 싶다면 코팅이 좋은 프라이팬을 사용해서 기름을 사용하지 않거나 최소한만 사용하세요. 덧붙여 쌈 야채와 같이 먹으면 채소 속 식이섬유가 수분을 흡착하여 배변을 원활히 하며, 지방의 과도한 흡수를 막는다고 합니다. 부피도 커서 만복감도 많이 주지요.

닭가슴살은 단백질이 많고 지방이 적은 대표적인 육류입니다. 하지만, 꼭 이 부위만 고집할 필요는 없습니다. 가령 돼지 안심은 단백질 함량과 흡수율이 닭가슴살에 버금가며 지방도 적습니다. 최소한 겉보기에 지방이 많지 않은 살코기 부위를 선택하세요. 여러 부위를 조리하면 다양한 식단을 즐길 수 있고, 다양한 식단 구성은 식이조절을 덜 괴롭게 합니다. 만약 순수하게 채식으로 식단을 구성한다면, 단백질이 결핍되지 않도록 주의해야 합니다. 콩같이 단백질이 많은 식품이 좋습니다.

나쁜 육류 요리: 프라이드 치킨, 탕수육, 햄, 소시지 같은 가공육.
좋은 육류 요리: 보쌈, 족발 등 삶거나 찐 요리. 혹은 기름을 사용하지 않은 요리.

17. 음식의 열량을 판단하는 방법

모든 음식에는 열량의 많고 적음이 있습니다. 그래서 어느 다이어터는 열량표 자체를 외우기도
하지요. 〈다이어터〉에서 이를 전부 알려 드리기는 분량상 어려우므로 간략하게 열량 측정법을 알려
드립니다. 만약 식품 개개의 정확한 열량을 알고 싶으시면 인터넷을 검색하면 자세하게 나옵니다.

1) 한식의 열량 판별법

한식은 양식보다 열량 산출이 상대적으로 쉬운 편입니다. 우리의 주식은 쌀이며, 음식문화는 이 쌀을
어떻게 맛있게 먹을까, 라는 고민 하에 발전했습니다. 그래서 한 식사에 먹은 밥 양으로 대체적인
열량이 결정됩니다. 가령 밥 한 공기에 불고기 한 접시 식사가 있다고 해봅시다. 밥을 반만 먹는다면,
불고기도 보통 반 정도 남습니다. 즉 밥이 절반으로 줄어들면 반찬 양도 절반이 되므로, 총 섭취
열량도 절반이 됩니다. 일반적으로 밥 한 공기는 350kcal이고, 한식 한 차림은 700~800kcal
정도입니다. 오차는 있지만 밥 양을 3분의 2로 줄인다면 500kcal, 절반으로 줄인다면 375kcal 정도
되지요. 밥을 야금야금 먹으면서 반찬을 조금 더 먹어도 좋습니다. 다만 밥을 다 먹으면 곧바로
식사를 마칩니다. 반찬을 주섬주섬 주워 먹기는 절대로 금물입니다. 예외가 있다면 곰탕이나 삼계탕
같이 말아먹는 음식입니다. 이 음식들은 이 방법으로 열량 산출이 어렵습니다.

2) 반찬 양은 어떻게 조절할까?

"반찬은 조금 더 먹어도 된다고? 그럼 반찬만 실컷 먹어주지!"라고 마음먹는다면 곤란합니다. 조금
더 먹어도 된다는 뜻이지 무제한으로 먹으라는 뜻은 아닙니다. 한식의 반찬 구성은 일반적으로 1식
3찬으로, 각 반찬은 오목한 소접시에 소복히 담기는 정도를 뜻합니다. 다른 사람들과 식당에서 밥을
먹을 때는 소접시나 밥공기 뚜껑에 반찬을 덜어 양을 가늠하여 먹도록 합니다. 만약 반찬이 남았다고
하더라도 아깝다 여기지 말고 수저를 내려놓으세요.

3) 한식을 먹을 때 주의할 점은?

한식은 대단히 우수한 식단입니다. 모든 영양을 고루 섭취할 수 있고, 양식에서 부족하기 쉬운
비타민이나 섬유소가 풍부하며, 단백질 균형도 좋습니다. 그러나 한 가지, 염분이 과다합니다.
우리나라 1일 평균 염분 섭취량은 WHO 권장량(소금 5g, 나트륨 2,000mg)의 3배가량으로, 대단히
높은 편입니다. 염분을 과다 섭취하면 고혈압을 유발하고, 몸이 쉽게 붓습니다. 본격적으로 운동에
들어가기 전에 식이 조절을 먼저 하는 데에는 체내 염도를 낮추어 고혈압을 예방하려는 목적도
있습니다. 고염식을 하면 호르몬에 문제가 생겨 신진대사가 나빠지고, 다이어트에 악영향을 미친다고
하네요. 위암과도 밀접한 연관이 있다고 하며 심지어 탈모와도 연관된다는 주장도 있습니다.

한식에서 섭취하는 염분 대부분은 국과 찌개, 김치에서 나옵니다. 소금 한 스푼을 그냥 삼키기는 어렵지만, 물 한 잔에 녹이면 마시기 쉽습니다. 그래서 심심하게 느껴지는 국도 보기보다 소금이 많이 들어가는 것이죠. 이들 섭취를 줄이면 WHO 1일 염분 권장량에 근접합니다. 국은 포만감을 크게 합니다만, 영양적 가치는 상대적으로 높지 않고 열량 역시 의외로 높은 편입니다. 따라서 국의 양을 대폭 줄이거나 제외하는 편이 좋습니다. 국은 겉보기에 맑고 고기가 들어가지 않으면 50kcal 내외이고, 탁하거나 고기가 들어간 국은 100~200kcal 정도입니다. 진한 찌개류는 칼로리가 더 높아지고요. 만약 국을 식단에서 빼기 힘들다면 뜨거운 녹차 등으로 대체해보세요. 김치는 염분이 높지만 유익한 성분이 많으므로 양을 반 정도 줄이는 편이 좋습니다. 만약 샐러드나 채소를 곁들이면 김치 섭취는 많이 줄어듭니다. 또 한 가지, 젓갈은 영양의 좋고 나쁨을 떠나 염분이 심각하게 많으니 제외합니다.

4) 양식의 경우와 고열량 음식의 판별법

양식의 기본량은 평평한 중접시에 평평하게 차는 정도가 700~1,000kcal 정도라고 생각하시면 됩니다. 그러나 한식에 비하면 열량이 천차만별입니다. 그러므로 고열량 음식을 판별하는 법을 알아두면 좋습니다. 양식과 간식의 좋고 나쁨을 판별하는 간략한 방법은 다음과 같습니다. 한식에도 적용할 수 있는 방법입니다. 이 방법으로도 긴가민가한 음식은 열량표를 찾아보시길 바랍니다.

(1) 튀긴 음식이거나 기름이 휴지에 묻어날 정도인가?

(2) 밀가루, 설탕이 많이 들어간 음식인가?

    밀가루, 설탕은 GI 지수가 매우 높아서 금방 허기가 지며, 지방으로 전환이 빠릅니다.

(3) 지나치게 짜거나 맵지 않은가? 음식 맛이 지나치게 강한가?

    이런 음식은 염분이 과다할 가능성이 높습니다.

    거기에다 1, 2번 항목이 동시에 포함될 가능성이 큽니다. 한식 역시 예외가 아닙니다.

(4) 국물을 많이 섭취하는 음식인가?

    국물은 염분이 많고 가진 영양에 비해 열량이 의외로 높습니다.

    가령 삼계탕은 단일 열량만 1,000kcal가 넘는 무시무시한 음식이지요.

(5) 재료 본래의 모습을 알아볼 수 없는가?

    주로 가공식품이 포함됩니다. 전부 그렇지는 않지만, 이런 음식은 가공을 거치면서 열량이나 염분이 높아졌을 가능성이 큽니다. 곡류나 채소류보다는 육류 가공식품이 더 그렇고요. 햄, 소시지, 각종 전(지짐이)이 여기에 속합니다.

위 항목에서 한 가지라도 해당하는 음식이라면 심사숙고하세요. 물론 음식에 따라서 예외적인 경우는 있습니다.

18. 간식은 무엇을 먹을까?

하루에 식사량이 많으면 좋다는 내용을 125쪽의 '굶기는 해롭다'에서 이미 다루었습니다. 간식은 식사량을 늘리는 개념으로, 공복감을 없애고 스트레스를 줄입니다. 각 식사 시간 중간쯤에 대략 150kcal 이내로만 먹도록 합니다.

추천 간식

1) 블루베리: 블루베리는 미국의 뉴욕타임스가 꼽은 10대 건강 음식 중 하나입니다. 열량도 몹시 낮아 10알에 5kcal, 100g에 50kcal 정도입니다. 100g이라면 대략 100알 정도이니 대단히 많은 양입니다. 너무 달지 않으면서 풋풋한 열매 맛이 납니다. 기호에 따라서 호불호가 갈리겠지만, 입에 맞는다면 열량 걱정 없이 마음껏 먹을 수 있는 간식입니다. 다만 설탕에 졸여 말린 것은 열량이 높으므로 주의하세요.

2) 아몬드: 본문에서도 등장한 최고의 간식 중 하나입니다. 견과류 중에서 영양상으로 가장 우수한 편이며, 단백질 함량도 높습니다. 포화지방산을 공급해서 불포화지방산을 대체하는 역할도 하고요. 다만 10알에 60kcal 정도로 열량이 높은 편이니 너무 많이 먹지는 마세요. 소금과 기름이 많은 가염 아몬드는 안 먹으니 못합니다.

3) 토마토: 하나에 27kcal로 열량이 대단히 낮고, 항산화 물질인 리코펜, 각종 비타민과 무기질이 풍부합니다. 블루베리와 마찬가지로 뉴욕타임스가 꼽은 10대 건강 음식 중 하나입니다. 역시 열량이 낮으므로 마음껏 먹어도 좋습니다.

4) 각종 과일: 과일은 사과나 바나나처럼 크기가 큰 것이 60~80kcal, 귤이나 자두같이 크기가 작은 것은 20~30kcal 정도 됩니다. 과일은 양질의 당분, 비타민, 섬유질을 공급합니다. 들고 다니기도 대체로 편리하고요.

5) 무가당 플레인 요구르트: 본문에서는 악의 음식처럼 나왔지만, 그건 양이 많을 경우입니다. 무가당 플레인 요구르트는 1회 섭취량당 60kcal 정도입니다. 유익한 성분이 많으니 성분표를 잘 확인하고 낮은 열량을 가진 것을 선택합니다.

19. 치팅 데이의 개념

우리가 평소에 식이조절을 잘 했다면 하루 굶거나 폭식을 해도 몸에 당장 어떤 변화가 생기지 않습니다. "응? 오늘은 음식 들어오는 게 늦네? 하루 정도는 괜찮겠지?"라면서 경보를 울리지 않습니다. 반대의 경우엔 "우와, 오늘은 평소보다 음식이 더 들어오네? 어차피 평소에 많이 들어오니 그냥 버리지 뭐"라고 여깁니다. 치팅 데이는 이러한 특성을 이용하는 것입니다.

식욕은 심리적인 요인과 밀접한 연관이 있습니다. 식욕을 억누르기만 하면 스트레스를 유발하며, 이는 역효과가 나서 폭식으로 이어질 수 있습니다. 열심히 식이조절, 운동을 하고 1~2주에 한 끼는 먹고 싶은 음식을 먹습니다. 이것이 치팅 데이입니다. 다만 간식 종류는 삼가야 합니다. 간식은 열량이 지나치게 높고 영양성분도 나쁩니다. 치팅 데이를 남용하게 되면 결국 다시 살이 찌게 되므로 반드시 다이어트 일기를 써서 점검하세요.

20. 물을 많이 마시면 좋은 이유

수분 섭취를 늘리면 신장결석, 방광암, 대장암의 발병률을 낮춘다고 합니다. 그리고 체내 염도를 낮추어 성인병을 예방합니다. 더불어 배고픔을 덜 느끼게 하고, 지방 섭취량도 줄인다는 주장도 있으며, 짧은 기간이지만 많은 양의 물과 함께 식사를 하면 적은 양의 열량을 섭취하게 된다는 주장도 있습니다. 운동 중에는 많은 체수분이 땀으로 빠져나갑니다. 체수분이 부족하면 운동능력이 떨어지므로 틈틈이 적당량을 섭취해야 합니다. 단, 운동 중 너무 많이 마시면 배가 아플 수 있으니 조심하세요.

21. 식욕은 변덕스러워

본문에서 수지는 계속해서 식욕 조절에 어려움을 겪습니다. 이런 문제는 수지만 겪는 일이 아닙니다. 모든 다이어터, 심지어 저체중의 사람도 식욕을 조절하는 일은 매우 어렵습니다. 식욕은 신체적 요인, 심리적 요인 두 가지 요인에 영향을 받습니다. 인간은 생존을 위해 최대한 많은 열량을 섭취하도록 되어 있지요. 때문에 의지만으로 식욕을 참는 것은 너무 가혹한 일입니다.

식욕을 조절하는 가장 좋은 방법은 식욕을 억제하면서도, 열량이 높지 않은 식품을 잘 알아두는 것입니다. 저열량 식품들은 신체가 바라는 열량의 열망까지 끊을 수는 없지만, 심리적인 식욕은 완화할 수 있습니다. 다만 입맛에 맞는 저열량 음식을 찾더라도 다른 문제는 있습니다. 같은 음식을 계속 먹는다면 언젠가는 물리기 마련입니다. 자연스러운 심리적 반응입니다. 그러니 저열량 메뉴를 다양하게 알아두었다가, 다양하게 섭취하도록 합니다.

22. 식이조절에 도움이 되는 음식

1) 두유: 제조사에서 당분을 많이 넣어 달달하게 유통하는 두유는 한동안 추천할 만한 음식이 아니었습니다. 그러나 제조사의 잘못이라고만 보기는 어렵습니다. 콩에는 리폭시게나제라는 성분 때문에 고유의 비린내가 있는데, 당 성분이 이 비린내를 중화시켜줍니다. 콩 비린내를 좋아하는 소비자는 없을 테니, 제조사들은 달달한 두유만을 출시했죠.

건강식에 관한 관심이 높아진 최근에는 편의점이나 마트에서 무가당 두유를 쉽게 구입할 수 있게 됐습니다. 콩 비린내에 저항감이 없다면 무가당 두유를 섭취해보면 어떨까요? 양질의 단백질을 섭취할 수 있어 다이어트에도 도움이 될 뿐 아니라, 영양 면에서도 매우 좋습니다. 열량은 200mL에 100kcal 정도로, 가당 두유와 비교하여 30% 정도 낮습니다. 열량 차이는 크지 않아 보이지만, 당이 적은 만큼 단백질이 더 많습니다. 총 탄수화물 함량은 4분의 1까지 낮습니다. 다만 오이의 쓴맛이나 고수의 비누맛에 민감한 체질이 있는 것처럼, 콩 비린내 역시 개인에 따라 심하게 느낄 수도 있다고 합니다.

2) 우뭇가사리, 천사채: 우뭇가사리와 천사채는 해초를 가공해서 만든 식품입니다. 우뭇가사리는 흐물흐물한 식감이고, 천사채는 단단한 식감이 특징이지요. 둘 다 열량은 100g에 5~10kcal 정도로, 무시할 수 있는 수준으로 열량이 낮습니다. 몸에 나쁘지도 않고, 섬유질이 많아서 장 건강에도 좋다고 알려져 있습니다.

온국수, 냉국수, 비빔면 등 우뭇가사리나 천사채로 쉽고 간단하게 국수류를 만들어 먹을 수 있습니다. 물론 우뭇가사리나 천사채 자체의 열량은 낮지만, 육수나 비빔장에 따라 열량 차이가 클 수 있으니 섭취에 주의하세요.

3) 음료수: 탄산음료의 해로움은 설탕 등 당분이 많기 때문입니다. 톡 쏘면서도 달달하고 시원한 맛…. 참을 수 없는 분들이 많지요. 하지만 탄산음료를 완전히 대체할 수 있는 것은 드뭅니다. 식수로 대체하면서, 건강한 음료들을 마시면서 새로운 맛을 개척해나가는 것이 좋습니다.

4) 탄산수: 탄산수는 설탕이 든 탄산음료를 대체할 수 있는 훌륭한 음료입니다. 향이 첨가된 다양한 제품이 시중에서 판매 중이니 원하는 것으로 드셔도 좋습니다. 사람의 입맛이란 오묘해서 단맛 없이 탄산만 느껴져도 만족하니, 잘 활용하면 다이어트에 도움이 됩니다.

5) 차 종류: 우리가 흔히 먹는 보리차는 생수 대신 먹는 건강한 차 음료입니다. 다만 모든 차가 생수를 대체하지는 않으니 주의해서 마시는 것이 좋습니다. 녹차나 홍차 등은 카페인이 있습니다. 이 성분 때문에 이뇨 작용이 활발히 이뤄지기 때문에, 장기간 복용하면 신장에 해롭습니다. 생수 대신 마실 수 있는 차 중 시중에서 구하기 쉬운 종류는 이렇습니다.

보리차, 옥수수차, 결명자차, 현미차, 루이보스차, 히비스커스차

이 외에는 여러 이유로 식수를 대체할 수 없습니다. 또 옥수수수염차는 옥수수차와는 달리 이뇨 작용이 강해 식수를 대체해 마시기에 적합하지 않으니 주의! 물론 커피나 차 종류를 무조건 먹지 말라는 의미는 아닙니다. 식수를 대체할 수 없다는 의미일 뿐이니 혼동하지 마세요.

1

다이어트 연재 시작!

1화가 폭발적인 반응을 얻었다!

기웃 기웃

쓱삭 쓱삭

오..!! 작품 반응이 좋아서 탄력받았나?

뭘 그리는 거지?

수지 얼굴을 단순하게 그리고 있군요?

연습하시는 건가요?

아니야.

언젠가 내 팬 싸인회를 하면 이렇게 그려줄 거야..

싸인이랑 같이.

헤헤헷

이제 고작 1화가 나갔을 뿐인데 김치국 쩌는군....

2

이번 화 다 됐어. 봐줄래?

ㅇㅇ

이 햄버거 부분엔 마요네즈가 질질 흘러내리는 걸 추가하면 좋겠어요.

오!! 좋은 생각이야.

역시 전직 뚱뚱이였던 온비는 잘 알고 있구나.

뭐?

...네. 전직 멍청이였던 님은 잘 몰랐겠지만ㅋ

ㅋㅋ

툭닥 툭닥

떡

개새 퀴야 ㄲㄲ

왈왈왈

둘 다 운동 경력이 비슷해서 싸움의 판가름이 나지 않았다.

③
찬희가 쿠폰을 찢어버리는 내용이 연재되고 나서,

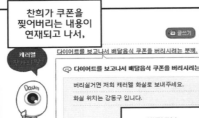

캐작가는 <작가의 말>에 글을 남겼다.

④
캐러멜이 실수로 네온비 원고 일부를 날렸고,

목요웹툰 <기춘씨> 연재중 ↓

...나 다이어터 다음 화 스토리 안 써.

농담 이지?

펑크날지도 모르니까 같이 망하죠.

네온비는 화가 머리끝까지 났다.

으으..난 퇴근한다.. 빨리 집에 가서 자야겠어....

수고해.

와하하!! 이거 작가의 말 완전 웃긴데요!! 센스 터짐. ㅋㅋㅋㅋ

ㅋㅋ ㅋㅋ

다이어터 마감 D-6 D-5 D-4

안돼~!!
제발 스토리를 써줘! 더 이상 늦으면 정말 펑크가 난다고!!

캐러멜은 미쳐버릴 것 같았다.

몇 시간 뒤 다시 출근한 캐러멜.

독자의견
- ㅋㅋㅋㅋㅋㅋ
- 캐작가님 작가의말 ㅋㅋㅋㅋㅋㅋㅋㅋ 역시 센스만점!
- 센스쩔어 ㅋㅋ ㅋㅋㅋㅋㅋㅋ

?

캐러멜님 받은 메일함 - 0통

메일이... 한 통도 없네.

스토리같은 소리 하고 있네.

ㅅㅅㅅ

처 먹어라!!

휙

그래! 여갔다!! 자!!

쿠폰을 보내줄 테니 상세한 주소를 알려달라는 메일이 올 줄 알았는데.

......

진심이었군 ....

다행이다!! 당장 원고를 시작하자!!

굴욕 따윈 안중에도 없었다.

라온님
먹고 싶을땐 적당히 먹어야 하는것인지.. 아님 무조건 참아
혹시 고수님 계시면 답좀 주세요.. 11.06.03 | 신고
답글 5 ▾

대한님
왜자꾸 수지 코는 빼먹구 그리냐
코있는게 단 한컷두 없네... 11.06.03 | 신고
답글 1 ▾

guri님
찬희가 일어나서 몹시 놀랐다 ㅇㅇㅇㅇㅇㅇㅇㅇㅇㅇㅇㅇㅇ 어

언뜻 보면
과묵해 보이는
캐러멜 작가는

캐작가님.
독자가 수지 코 좀
그려달래요.

안 돼...
나중에...
예뻐지면.

?

시끄럽다.

난 헤어 디자이너!!
촥촥촥!!!

...

→ 자기가 먹을
채소 다듬는.중

숲을
쳐드리겠습니다.

뭔 소리죠?

예쁜 사람만이
달 수 있는 게
코라는 겁니까?

뭐...
그런 셈인가.

그리고
썰렁하다.

작업하면서
중간중간 꼭
스트레칭!!

허리 나가면
안 되니까.

허리가
나간다고?

언제
들어오냐,
허리.

그렇군요.

......

엄청 재밌지?
하는 표정으로
쳐다보고 있음.

ㅋㅋ

뭘 잘했다고
처 웃고
있는 거야...

7

8

앗?

으아니?

오늘은 캐&네가
헬스장과 작업실
이외의 장소로
외출한 날.

기다리는 사람은
친한 동료작가인,

와하하하하!
하하하하하!

하하하
하하하.

하하하
하하하.

뭡니까?
시끄러워
죽겠네!!

닥쳐.

실성을
했나.

얌이 작가님
입니다.

안녕하쎄용!
악의 축입니다.

음식만화<코알랄라>
현재<블랙마리아>
연재중

폴짝

뉴스에
떴는데,

웃으면서
컴퓨터 해야
노화가
천천히 온대.

오늘은
무슨 맛난 걸
먹으러 가죠?

오늘 메뉴는 말입니다.
연어 덮밥과 큼직한
녹차 빙수입니다.

아, 그리고 전
헬스를 끊었어요.
헬스 최고!

아몬드도 사서
잘 먹고 있죠.

좋군요.

ㅋㅋ

ㅋㅋ

와하하하하하!!
하하하하하하!!
하하하하!!!

키히히히!

와하하하하!!
하하하하하!!

하하하
하하하하
하하하하
하하하하.

하하하하
하하하하
하하하하.

작품만으로는
완전히
상극일 것 같지만..

사실 서로
지향하는 것은
같습니다.

적당히 맛난 걸 먹고
적당히 운동하여
건강한 몸으로
오래 사는 것이지요.

Index

다이어터 1

초판 1쇄 2011년 8월 3일
개정판 1쇄 2021년 1월 4일
　　　　　 4쇄 2024년 4월 10일

지은이 캐러멜 · 네온비

발행인 박장희
대표이사 · 제작총괄 정철근
본부장 이정아
편집장 조한별

기획위원 박정호

마케팅 김주희, 박화인, 이현지, 한륜아
디자인 변바희, 김미연, 이지은

발행처 중앙일보에스(주)
주소 (03909) 서울시 마포구 상암산로 48-6
등록 2008년 1월 25일 제2014-000178호
문의 jbooks@joongang.co.kr
홈페이지 jbooks.joins.com
네이버 포스트 post.naver.com/joongangbooks
인스타그램 @j__books

ISBN 978-89-278-1190-9 04810
ISBN 978-89-278-1189-3 (set)
ⓒ 캐러멜 · 네온비, 2021

중앙북스는 중앙일보에스(주)의 단행본 출판 브랜드입니다.